桃色嘴唇

崔子恩 著

目次

I 船起船伏

一座虛偽至極顯得有幾分喜劇色味的城市，連監獄的名字都起得令人肉麻。嘻嘻嘻，「載月沉船」，既是沉船，何當載月：不倫不類，像你的兒子小貓。不要發怒，動怒會為你惹來獄中之獄的災禍。我堅信有其子方有其父。難道你以為你多麼正派多麼無懈可擊麼。一定是因為你的作為過於規範，才被「載月沉船」船載以入，過起了甜美的囚徒生涯。對了，院長大人，這對你來說一定像一個簡潔的童話故事：坐牢，無非是周而復始地什麼也不做地坐在牢獄中，等待夕陽西斜，等待月上柳梢，等待太陽東升，等待放風，等待吃難吃的三頓稀飯，等待體力恢復之後進行下一次自淫。如果攤上你兒子那種可人兒，也許我還可以有個性伴侶。偏偏碰上你，一個老頭兒，過於正經兒，身上不僅沒有多少人味兒，連獸味兒都差不多被規範的生活腐蝕得透淨透盡。沒勁兒，同你派對兒，真沒勁。掃興的院長大人，還是什麼臨終關懷院的院長，一聽名稱就晦氣。

什麼，不許老是提你的兒子，你沒有兒子？這恐怕不可能。你被判刑的罪名就是「有意傷害親子」，你今日明日的一切都將與此罪名緊密相關，豈可迴避「兒子」這類的字眼兒。你一見到我就討厭我，我也同樣，一見你就討厭你，程度絕不下於您老先生。一個對女色和男色都無感於內、無動於衷的人，不是形同草木又同於什麼。目迷眩於五色，情動感於六慾，方為真心真人。而你，假惺惺，一本正經，一副道德偽善的面孔，怎能不令人望而生厭。同你派對兒，倒天大的楣。

比起你，我既年輕，罪名又輕。「情殺未遂」，比你謀害親子，無論聽起來還是做起來，都朗麗得多鬆爽得多。你坐監牢，有多少美麗的往事陪伴著你：一件、兩件，或者一件都沒有？這才叫真坐牢。牢獄外的世界根本沒在你的心上留下什麼妙不可言的痕跡，你便被丟了進來。你也不必盼望出獄。一出獄你已六十五歲。年齡即便不重要，性靈呢，你又天生不具備如花如水如雲如風的性靈。出了獄，你又能怎樣？你所堅守的生活的最後一座堡壘業已塌陷。妻離子散家破人亡之後，你還能重新坐上院長寶座麼？你那個被切斷輸精管的兒子，即使回心轉意想為你生育後代，恐怕也不會有任何突破紀錄性的成就。更何況，今生今世你能否再見到他，都還是個懸念。

我則不同。我可以每天回憶一段愛情往事，每年回憶三百六十五段，兩年加起來才不過七百二十段，人生三十年，從十歲初戀起，七百二十個情人七百二十段情愛還是有過的，假設被判刑五年也沒關係，把那些沒有動過感情只經雲雨的算進來，再把男女性別打亂一下，五年的回憶材料也還是綽綽有餘的，迫不得已的話，還可以期待，期待兩年或五年之後，世上又像蘑菇園一樣長出了許多新鮮味兒美的人物，他們在「沉船」之外等待著我與沖沖的出獄腳步。

其實同你講這些你也不動興趣，現在輪到你講話，你可以詳細地講講你的童年：你好像沒有童年，那你就講講小貓的童年。我與他同齡。或許，我與他同在一個幼稚園同一個班同一個遊戲室，午睡的床還是相鄰的。或許，我們一同去上廁所，互相看過甚至撫摸過對方的陰莖。那時我們都還太小，以為它只管撒尿。那時我們都還長得太嫩，太像小女孩兒，很容易被染有幼女癖的老頭子誤認作幼女，騙到不見人煙的地方進行猥褻。或許，我與你兒子是中學同學。起初我誤以為他是我的情敵。因為大凡那種「搞同」的男人，在年輕的時候都長得乾乾淨淨，很討女性喜歡。後來，我發現他偷偷寫了一首詩，竟是題獻給我的，誤會消除後，我們成了終生的好朋友。後來，他考到船城去拉小提琴為生，我還去碼頭送過他。送他的時候，他像與戀人分別一樣抱著我哭，哭得跟秋江邊上的佳人似的，我則像個才子。

好，這段彷彿虛構的故事暫且打住。現在輪到你為自己作自傳。你還是沉默不語，對罷？這是你抵禦惡濁空氣的拿手戲，對罷？現在起，我沉默三分鐘。三分鐘後若是還不開金口，就別怪我搶了你的戲。

一分兩分三分鐘零一秒，時間到。三分鐘，猶如三秋，快憋死我啦。我這個人，保準在胚胎期就會講話了。也許不是完整的人語，是一種特殊的胚胎中的生物語言。一出生我就不停地講話，讓語音以山泉般的清澈拂過我的生命。要知道，在生前我是多麼沉默，一言不發度過了無限歲月。在死後，我還會那麼沉默，一言不發，打發更漫長無邊的歲月。我得抓緊今生今世的每一寸光陰，說話，尋歡作樂，說話，說話，說話。

你不肯說，把時間全部留給我，真像一個從未犯過謀害罪的高尚的人。或許，你以這種方式來贖罪。無論如何，三分鐘的人生大空白之後，我又可以自由浪漫地講話了。方才，我是多麼擔心您老先生像所有愛囉唆的老先生一樣，臭口一開再不肯合上。看來，你的罪愆多多少少給你帶來了一點點美德。你給我機會，讓我有機會大肆揮霍他人的美德，以快自己的口舌。謝謝，謝謝先生。

你直愣愣地盯著我，為什麼，為我的謝意還是為我說出了你兒子的年齡和城市？一定是後者。你還有所不知。我是整個「載月沉船」上唯一受過刑偵專訓的人。住在這裡的人，不論男女老少，只要我見過一面，我就能說出他的全部犯罪檔案。你不信，但又不敢搖頭，怕一搖頭就陷入了交流的羅網。其實，你大可不必如此謹小慎微。你搖搖頭或點點頭，船頂不會塌下來，天也不會砸在你白花花的頭上。你怕什麼吶，有一個能說會道的人守護著你，無論遇上什麼事件，只要我鋼牙一開，保準逢凶化吉。講話的才能是人從獸走向神的最佳途徑。對我來說，每一句話都是一句禱詞，因此神祇的路途才在我生命的盡頭接續著我。

言歸正傳。言歸正傳。我知道你的心病。你的心痛恰在養育了一個不肖子孫的位置上。其實，你的兒子既沒有錯也沒有病。他認真地去愛一個或幾個同性，充滿真誠地與一個或幾個同性分別於不同時間不同地址上床相親相愛，這有什麼可恥：你只在你同性的異性身上傾注與性慾相關的熱情，他只在同性身上如此。我吶，既不止於異性也不止於同性。我在同貧富等貴賤的思想基礎上更進一步發展了同男女等性別的思想。我反男權主義：我是一個性別大同主義者，徹頭徹尾的。

你反感我的論調，這擺在你的臉上。且不說它又老又醜，只那些藏滿規約的皺紋就足以將全世界的熱情都捆住。口中還念念有詞，像個技藝低劣的冒牌巫覡。我看出來了，你掌握著一個咒語，一個十分單調的四音節的小玩藝。讓我來仿製一下你的口形。唔，「刀澀錐鈍」。對不對，不對？那就是，「道者最尊」。對，沒錯兒，不是「刀澀錐鈍」就是「道者最尊」。你就是個又澀滯又遲鈍的老兵器，早就不頂用了，還在講什麼「道者最尊」，還敢用手術刀閹割親生兒子。

我的話語一碰到你咒語的牆就如頑石沉入大海，不興一點波瀾。我知道，但不相信這是真的。進攻者自會有進攻者的實力和致命武器。我相信我的每一句話都進入了你的無意識，並將影響你殘生的一切行為：這也可算我的一個咒語。

現在我開始給你講故事，全是我親身經歷的。無論如何，我淳于仙風是個地地道道的正人君子，又是個地地道道的花花公子。在我的故事中，概括了人類全部的正與反，曲與直，真與偽，善與惡，美與醜，悲與喜。我奉勸你聽，不要同我玩那種「不聽不聽王八念經」一類的兒童遊戲。那種遊戲意味著十足的懦弱和掩耳盜鈴的虛偽。

我是一個私生子。不過，不是傳統型的。我只知有父，不知有母。為此我很高興。無論身在何處，我都把自己看成一個自由的流浪兒，絕無童話中流浪兒的孤單與淒涼，只有流浪兒的流浪的自由與快活。

我爺爺有錢，我爹有學問。我是有錢有學問人的後代，自幼把錢作了手上的花銷，把學問作了嘴上的開銷，卻從未把它們當一回要事。女人男人男人女人一向愛我甚於愛錢，甚於愛生命。他們的熱情堵死了我的愛情通路。於是我誰也不愛，只好誰也不愛。一旦愛上別人，準倒楣，這是我的劫數。為逃避它，我可是花了大功夫，直至把性格扭曲成玩世不恭的形狀。

其實我懷疑一切。懷疑我的爺爺有錢是個假相，因為他十分吝嗇，只對我慷慨大方。我懷疑他的慷慨的背後隱藏著罪愆，懷疑他的錢來路不光彩，懷疑他在培養我大手大腳花錢，借此將罪愆轉嫁給我。我最懷疑的是他不是我的真爺爺，我爹不是我的真父親。他們都長著大鼻大眼大嘴大腦袋，而我則比他們小一號，緊緊湊湊、幹幹練練的樣子，一副典型的美男子派頭。我從不愛什麼男人女人，只同他們玩性遊戲，玩得他們心蕩神馳，我卻心如鐵石情如鐵石陽物亦如鐵石。我懷疑他們口口聲聲的愛，甚至懷疑他們的呻吟都是裝出來的。我也懷疑自己是否有靈魂，懷疑體內的性慾和勃起的才能屬於另一個人而不屬於自己。我懷疑有個漂亮的魔鬼鑽入我的生命。他很小，鑽進眼中我便看見陽光、樹木、河流和美麗的男人女人，鑽進肛門我便可以排泄，而鑽進陰莖我便堅硬挺拔，想插入一個洞隙將這種狀態隱藏起來。

我天性怕羞。這你準想不到。可每個同我睡過的人都說我厚顏無恥，除去兩、三個男人。我至今仍信任他們，一個叫葉紅車，一個是你兒子小貓。他們曾分別以不同的方式同樣的深度愛過我。我相信他們真愛我。不過，我似乎沒給過他們任何歡樂。以一個浪蕩鬼的身分，我同情他們。我不知道，他們那種人是否被愛過。不過，人都是咎由自取，他們的命運，活該他們自己承受。我曾想協助他們，可是我要享樂的事物太多，沒有太多的空閒去為別人生產幸福。

遇上葉紅車那個老頭兒或老女人的時候，我還是一個少年。記得那是一個月明星虧之夜。月城的喧囂被他的門擋在門外。我坐在他的視線中，橙黃色的燈光打亮了他瘦削蒼白的側臉。在他的四周，有一股令人生厭的虔誠和信仰的味道。我十七歲，但本能地敏感到這個長我一輩的男人過著與我天性大相徑庭的苦行僧式的生活。那時候，我已同日後一樣風流倜儻。

那一天，我剛與馬路族的一群小子打了一仗，頭上手上纏著綳帶。他不停地念《玫瑰經》，還向我講解什麼「玫瑰十五端」，暗示我去信奉他的主。我當然毫不猶豫地拒絕了。我不信那一套，寧願同別人打個頭破血流。流浪兒的生涯，使我至今對凶險、罪惡、死亡一類的概念模糊不清。我只知行動，只知做，卻很少想，儘管我擅於誇誇其談。我用談話代替了思想，或者說用言語將蠢動中的思想流放出去。

他終於有了一個說話的機會，他說我長得同我爸爸年輕時一模一樣。那時我很早熟，便問他：「你愛過我爸爸？」他點點頭，臉上露出了羞紅。你說巧不巧，子承父業，我和我的老子不同時卻被同一個男人愛上了。哈哈哈，我們在同一張情網中。正如同小貓因為愛我而與葉紅車落入同一情網中一樣。哈哈哈，同樣但不同時，同一張網在不同的時期網住不同的大男人或小男人。怎麼樣，老頭兒，你不掉進來試試，嘗嘗新鮮滋味？有朝一日，來生的你掉進來，那可就精彩而又精彩了。

空，空洞，空空洞洞。空，空虛，虛空，空空蕩蕩。蹲在監牢的鐵窗下，我反反覆覆反反覆覆叨念著咀嚼著這些生澀的字樣兒。葉紅車生前，是否也同樣**空洞空空洞洞**，他死後，依然**空空蕩蕩**，還是被死亡填滿，那個我不再認作兒子的小提琴手，在被親生父親閹割之後，更加**空洞**還是更加充實？

我被傳訊、被審問、被判刑，以有意傷害罪。對此，我毫不反悔。作為後代的創造者，我造錯了一個性別，或者說造錯了一個人的性別，這是我的疏忽，我的罪過。我寧願承當一切刑律制裁。我收回了他不想有也不該有的器官。我萬分痛苦地履行了我的職責。

我付出了巨大的代價。我甘願付出這樣的代價。只可憐了我的結髮妻子。她在平穩的生活中完好地保存了天性中最純粹的脆弱：不堪於家庭事故的襲擊，她病倒，然後辭世。這一切都發生在我鋃鐺入獄之後。最後的日子誰陪伴她，荒涼的葬禮如何舉行，我一概不得而知。據說，她死前並沒有譴責那個小提琴手。出乎我的意料，她以母性的大地法則寬解了容納了我的家族的末代子孫。與其說是不肖子孫給予她致命的打擊，不如說是兩個至親之人突然反目成仇，父去子勢的末日境況使她喪失了生的全部信念。為此我心甘情願忍受鐵窗之內的「大監禁」。

我從未想到自己是罪人。我在服刑，但我並未犯罪。葉紅車遵守了他的上帝的禁令，他的靈魂和生命得以升上月城的月空，與焰火同綻放。他用一生去抑制心願、情感和倒錯的慾望。我尊敬他的人生。那個小提琴手像我一樣不信上帝，卻並不像我一樣謹守上帝的禁令。我以我的手段罰懲他，罰懲變態分子，儘管他曾經是我的骨肉之親。我不是罪人：我因罰罪而犯罪，還能算犯罪麼。

假如不是在獄中遇到淳于仙風，不是囚居中唯一可以相對的人的搗亂，我的這一信念是絕不會動搖的。起初，我對他的花花公子派頭反感至極，連同他的名字。在他的身上，除去吊兒啷噹滿不在乎的神氣，玩世不恭的裝扮，半老徐男式的英俊，喋喋不休的廢話，哪裡有半點兒仙風半段道骨。世風日下的時代，獄風日下的監獄，隨處遇到的都是這樣的公子哥式的人物。我不理睬他，同他不置一詞，對他不屑一顧，一任他終日聒噪。天長日久，我被他折磨得忍無可忍。他三十歲搖頭擺尾的樣子，不再意味著平面的浪蕩人物。他走動，他便溺，他狼吞虎嚥地吃光難吃的獄飯獄菜，他瘋狂地對著牆壁手淫直至撞破龜頭，他的嘻笑怒罵，以及對獄外生活充滿信心的嚮往和期待，將他的形象滋潤得日益豐滿起來。我愈來愈厭惡他，又愈來愈躲不開他。在僅有兩個人的空間中，不是互相仇視就是互相恩愛。無論如何，相互依賴是無可避免的。有的時候，我像愛我的兒子那樣喜愛他。有時候，我又像恨那個畫著豔麗的桃色嘴唇的小提琴手一樣恨他。尤其是在我從他的言語中聽出他既與葉紅車又與小提琴手之間有過隱祕關係之後，我愈發恨他愈發注重他。許多次深夜醒來，借助牢窗透進的一小片月光，我俯在他的前面，盯著他熟睡中的長臉，想扼住他的咽喉，掐死他。

臭蟲。流氓。無賴。誇誇其談的三十歲騙子。既不年輕也不年老的老色棍。多性戀者。淫心獸行的集大成者。我要用咒語將他趕走，將他打倒。他應該早點出獄。

我得為自己發明一種咒語，用以驅逐他的聲音和念頭，用以壓抑我的傾聽本能和爭辯欲想。用葉紅車的信仰語音屢試不應驗，也許我不是信徒，額上沒有金十字架，上帝看不見我的存在，無以幫助我。用巫術的咒語，諸如「啊啦啦啦啦啦」，我又覺得有失身分和尊嚴。試想，一個六十歲的白髮老人，在牢室中瘋子一般地邊跳邊唱「嗚啦啦啊啊啦啦」，有多滑稽。一個形象在緊要關頭跳了出來。一張鮮妍闊大的嘴唇和另一張小巧俏麗的嘴唇疊印在一起，都塗畫成很厚很豔的桃色。我下意識地捕捉住它，將它抽象化，口中念念有詞地叨咕道：桃色嘴唇桃色嘴唇桃色嘴唇。

它生效了，在一間斗方的囚室的陰暗潮溼骯髒中，它閃著光芒化為一句咒語，驅逐開一切語音，一切目光，一切牆垣，一切時間和空間。天地萬象之中，只有一個抽象的四音節符號：**桃色嘴唇**。它可以永無休止地反反覆覆播放下去，彷彿不受任何力量的干擾，卻能抵制一切力量。

坐在角落裡，與他所在的角落成對角線，他一講起我不想聽的話，或者我沒有心情聽任何聲音看到任何物象時，我就應用彷彿被神加上一道符咒的四音節符號。我屢試不爽，甚至當我在夢中遇見那個中段鮮血淋漓的小提琴手，也可以用它將他從夢境中趕走。

入獄的第二年，為抵禦邪惡的聲色記憶和現實形象，我發現了**桃色嘴唇**這一咒符。從此以後，我的潔身自好和出汙泥不染的品格得到了保障。儘管，偶爾它也會與那個升上天空的老齡患者或者從一歲到三十歲一直為我之子的那個人有所連結，但是時間愈來愈使它從兩張具象的五官上分析出來，獨立成章，專司我的心靈和肉體的清潔工作。**桃色嘴唇**，**桃色嘴唇**，**桃色嘴唇**。有時，我幾乎是懷著近乎感激的心情用無聲的口形反覆地部署它們。桃色嘴脣。**桃色嘴脣**，它不再是一種器官，一種著色的器官。它化身為我的靈魂衛士，生命的弓和箭。一旦需要，它便會射穿一切形象，一切時間的空間的障礙，一切寄生在空氣中的概念和情緒。桃。色。嘴。脣。桃，色，嘴脣。嘴，桃，色脣。嘴脣，桃色。**桃色嘴脣空空洞空空洞洞空空虛虛空空蕩蕩空空洞洞空空蕩蕩空空洞洞。桃色嘴脣桃色嘴脣桃色嘴脣桃色嘴脣。**

II 月城月色

作為臨床醫師，我無法答應他安樂死的請求。面對他巨大的痛苦，我感到人類的一切情感和願望，都不過是青春和健康的衍化物。哪怕是將他導向死亡，以解脫肉體的抽搐，我都是無能為力的。

生命的最後關頭，在痛楚的間歇，他向我講述他的人生。三個月以來，我每日看到他在床褥間掙扎，同肉體的苦難作最後的、令人膽戰心驚的搏鬥。有時，真想代替上帝結束他的生命。他削瘦、疲憊、衰老，沒有後代，沒有親人。在同類的絕症患者中，他的「最後時刻」顯得出奇地漫長。每當疼痛悄然離開軀體，他的臉上就會現出純真而富於青春彈性的笑容。坐在他的床頭，凝視那張憔悴、蒼白的臉，就會看到某種輝煌的光焰正從他的生命中釋放出來，讓人感到漫長的痛苦是令人難耐同時又令人欣慰的。

冬天就要過去。白雪漸漸被陽光和土地吸收。月城在白晝喧囂，在夜晚燃起萬盞燈火。他已遠遠離開這片曾經負載過他的紅塵土地。臨死之前，他用唇膏為自己畫了一張極擴張、極美豔、極性感的桃色嘴唇。那時，在夜晚，唇膏的尖頂與他乾癟的嘴唇間閃過一道道光暈，宛若呼吸在放射光彩。

蒼白老邁而又稚氣未脫的臉頰，桃色的妍麗之唇，連同他講到一半便被死神打斷的人世故事，至今仍浮沉於我的面前。

我喜歡這世界。如果不是這麼疼痛，我不會一再請求你為我注射那種可以致死的藥物。謝謝你沒有按照我的意願去做。不然我就不會這樣望著你，更不能運用這些閃閃發亮的語句同你或者同上帝講話啦。

窗外陽光真好。銀杏樹的葉子全都黃了。秋風一吹，它們就晃動著優雅的身體，發出謎一樣的光輝。很小的時候，我家的窗外也是種著一棵銀杏樹，一到秋天，樹上地下全是金燦燦的樹葉。那時候，我根本不懂事，不懂得人會分男女兩大派別兩大陣營，不懂得自己怎麼出生，出生前在哪裡，也沒想到自己所謂的染色體與所謂正常人不一樣。

我總是這樣關心季節的轉換。光陰和四季，與我的自然本性如此接近。不只一次，有人勸我去作性轉換手術。我沒有去：我至誠地愛著上帝賦予我的一切屬性，這是我的光陰和四季，我無權也從不想去更改。

我為自己這種「逆來順受」的器質所感動。弱小的感覺，很便於從寂寞和懷想中進入詩化的情感境界。除去媽媽，我一生中深愛過三個人。他們都是男性。除去疼愛和友情，他們也許根本沒有愛過我。

在人世間我一無所有，甚至不擁有被愛的記憶。這不要緊，不該使人自傷自憐。曾經是個孩子，曾經是個少年，曾經有過並不短促的青春，曾經愛過三個人，都是同性。這就是我的季節，我的自然和使命。比起靈魂，沒有更透明的東西，包括生命。把靈魂放入一個有形的生命中，在凡塵間歷經許多磨難和愛，也沒能使其變為灰色或者彩色。我以最後的生命來愛我的一生。爾後，我希望靈魂能夠歸回茫茫大荒，不再負擔生命過程的任何榮耀和羞辱。

我得感謝上帝，他任我的愛情獨往獨來，沒有什麼異質來騷擾過它的純粹和寧滯。我還要感謝那些被我愛過的人，他們對我不理不睬，才使我的回憶如此完整而單純。他們被愛，但並不真正介入我的愛情。愛從心中出發，撞到他們心上，似乎片刻都沒停留，一絲一毫都沒有被收納，就反彈回來，完好無損。現在，肉體垮了，愛還是那麼完好無損地保存著。它不像這骨肉之軀，經歷過那麼多的風霜雨雪。「愛」只是在燃燒，始終在燃燒，卻因為沒人接受它的熱能，不得不全部自我回收。

孤孤單單的歲月，一分一秒度過來，除去思念、戀愛，就只有想念自己的靈魂。我為它製造許許多多聖潔美好的符號，再一一推翻，我為它在天國尋找亙古居住的處所，任想像和直覺在星群中飛來飛去：或許，在星群間，靈魂也像人在人叢中一樣，居無定所。

我知道你有信念感。因此你擁有你相信其實存的世界，譬如愛、家庭、財產和事業。我不一樣，除去天國靈魂，我什麼都不相信。我愛，在愛，去愛，但並不相信它。我對它缺乏信念，它因此脫離我。

那是一段普通的月虧星明之夜。月城已在迅疾收拾它的繁鬧。寂靜似乎正從我的房間向全城擴散。房間內，三支銀白色的蠟燭燃放出半黃不黃的光亮。A走進來，穿著當時的時裝。他擁有天然鬈曲的頭髮，黝黑的皮膚略微有些粗糙，但閃耀著飽滿的青春光澤。他笑了一笑，少年情焰，微小的不安和狡獪，同現於英俊而野性的臉上。

他四肢高大，下坐的動作中透出一種生澀的瀟灑。那是由天生的男人氣質與尚未成熟的年齡混合而成的迷人風範。他把左腿疊放在右膝上，輕輕晃動著。

他從懷中掏出一只精製的金屬香菸盒，很颯地打開，拈出一支銜在唇邊，然後將菸盒伸向我的面前。我連連揮手。吸菸對我來說，像攔路搶劫一樣嚴重而不可思議。他寬大為懷地一笑，左側的嘴角向上巧妙地提了提，給那個本來很純正的笑容劃上了一筆邪魔的意味。他隨手將打火機拋給我。我從未有過拋物接物的經驗：打火機穿過我慌亂的雙手，砸到我的左額骨上，落到地上。疼痛透過額骨，從口中溜出，化為輕輕的呻吟。他下意識地站起來，走到我面前，用雙手撫著我的側臉和額頭，察看傷處。血絲在細細地向傷口滲透，我感到。

他撮起線條鮮明、方大有力的嘴唇，噴出氣息，吹拂著我的傷口。一陣陣近似乳香的氣息從鼻翼上方襲下來，捲入鼻孔。隱隱約約，一種從未體驗過的興奮感，漸漸地透過他的指尖和氣息，電波般滲入我的脖頸、胸膛、肺腑、腰際，直達雙腳。血液中某種熾熱的成分被點燃，只一瞬又熄滅了。他離開我，問我有沒有紗布和藥水。他為我敷藥時，指尖和氣息再次點燃我的血液。額際的疼痛和周身的燃燒感覺，使面前的臉孔有了全然不同白日的風采。

重新坐下後，他收斂了神氣活現的光焰，準備自己為自己點燃香菸。我自願接過打火機，在他的指導下為他脣間的香菸點上紅閃閃的火燼。

那一年我十六歲，孤身一人靠月城三角區區府的撫恤金讀高中一年級。親愛的媽媽在前一年離開了人間，到天主和瑪利亞身邊去了。留給我的是一間小房子和《聖經》以及幾本經文集。我是一個孤兒，生得白白淨淨，性情溫善有餘，剛毅不足。嘲弄，戲耍，屈辱，自然而然伴隨在我的左右，無論上學放學的路上，還是課間遊戲。幾乎可以說，我習慣了自己的命運，我不想反抗，也無力反抗。我想逃避，可是沒有可以逃遁的港口。除去靜靜地讀書，便是默默地接受被同性戲弄、被異性嗤之以鼻的日常遭遇。看到畫報上飛奔的馬，我總是會流下淚水。那種動物的迅疾和力量，令我怦然心動。也許它與我的命運恰成鮮明的對比。我還很稚弱的時候，便已確切地知曉，這一生與奔馳絕緣。或許正因如此，我格外欽慕那些令我想起駿馬的人。

他來訪前的那個下午，我背著書包走在回家的路上，被幾個素不相識的少年截住，百般調戲。其中有一個長相很俏皮的咬了我的臉頰一口。A騎車路過，停下來，以輕蔑的口吻指明我的性別，弄得那些人很尷尬。我坐在他的車後架上離開「災區」時，那群人互相笑罵著，你推我搡。那個咬過我的少年自我解嘲地向我不住地飛吻。

他送我到家門外。我邀他入室。他答應晚飯後來玩兒。他洋洋得意地自我介紹，他叫A。看得出，他為有機會在弱者面前「路見不平拔刀相助」，對自己感到滿意。

額上貼著一大塊紗布，我擁有了生平第一位朋友。那個晚上，也是我第一次使用打火機，第一次為一個男人點菸。

從那以後，四十多個年輪過去了。霜霜雪雪，我已躺到在病床上。渾身不那麼疼的時候，我就會想起A，想起B，想起B的兒子，想起如煙如夢的往日和往事。肉體的劇烈痛苦和騷亂，沒能影響回憶的寧靜和安安靜靜的性情。彷彿生來就是這樣靜悄悄的，死去時也會如此。一切都沒有改變過，只是在記憶中，一個個人物出現復掩去，一件件故事展開復收攏。最後，連記憶都會從靈魂外的軀殼上隱沒。

躺在潔淨的床上，望著窗外的秋日陽光，回憶在跳躍著，思議緊隨其後：我一直對自己漠然視之，像對待一個永不結緣的陌生人，直到最後的時刻，我才發現我十分關心「我是誰」。還在我很年輕的時候，法國人卡繆就對當代人的兩大狂熱作了概括：思想和通姦。進入現代主義時代，人們似乎獲得了充分展示個人魅力的空氣。人與人的界限被打破了，通姦成為最自然不過的分離與重構的動作。我呢，是否可以劃歸「現代人」這一範疇呢？我幾乎沒什麼主見。在我的眼中，每一本書都同樣強烈地吸引我，每一種思想都給我啟迪，每一種工作都很神聖，每一個人都比我有活力並且幸運。我幾乎不能關注人怎麼誕生、為什麼活下來、生命的意義何在這一類的思想問題。我的一生，除去被動地同一個男人所謂的「上過床」，沒有過什麼具體的性經歷。一旦進入回憶，我幾乎分不清楚人與人，男人與男人，在本質主義的意義上有什麼不同。總之，思想和通姦，距離我都有一段路程。我確確實實生活在現代。我生活於現代，但並不一定是「現代人」。

剛才的陣痛使我想起懷孕和生育。如果我有子宮，我也會生一個孩子。那種陣痛會是由另一個生命引起的，滿蓄著希望和未來。我的陣痛，與它無緣。這是一種澈底的損耗，對風燭殘年倦怠而無奈的損耗。儘管如此，我還是相信這是一種補償，一種對我未曾經歷孕育之苦之樂的補償。

對此，我並不自懷悲憫。因為愛馬，我曾經細心研究過騾子。牠們默默地長著馬的臉孔、驢子的耳朵、非驢非馬的身材。牠們似乎沒有性別，沒有性慾。牠們不聲不響嚼著草料、耕田或者拉車。牠們進不了賽馬場，也不能馳騁疆場。穆斯林騎著小毛驢趕巴扎的風光也輪照不到牠的脊背上。無論毛色怎樣光亮，無論性情多麼溫存含蘊，無論天長歲久的勞作和忍耐如何巨大，人們還是對牠另眼相看。比起騾子，同性戀者該為生活在這個世紀而慶幸麼。

清早起床，我發現A已騎跨在閃閃發亮的腳踏車架上，等在窗外的樓下。我把頭髮梳得平平坦坦光光亮亮，衝著鏡中光潔、隆起的額頭溫暖地一笑：我常常衝自己笑，像媽媽活著的時候衝她笑那樣。挎上已洗得發白的帆布書包，帶上自己為自己製作的午餐盒飯，我跑下樓去。

天空湛藍湛藍。春日的風和和煦煦。他已蹬動車體。我跑兩步，雙腿叉開坐到車後架上。沒能坐穩，便用雙手扶住他結實有力的腰胯。不小心，某種微妙而令人恐懼的衝動，朦朦朧朧發自那兩個觸點，瞬間襲遍全身。他也似乎同時有了同樣的感覺，單手扶車把，側過身盯住我的雙眼，臉上泛出紅暈。對視之間，我們似乎發現了對方身體中潛藏的祕密，又同樣想把剛剛被揭開的隱私之蓋復歸原位。這無疑已經遲了。他明亮的眸子一轉之間，潔白的牙齒從雙唇中閃露出來，空出的左手在我的額髮上胡亂地撥了幾撥，將它們弄亂。

在那個年代，騎賽車的人屈指可數。作為一名高中學生，A的行裝、交往、言論無疑早已成了眾人注目的核心，加上他生來風流倜儻，體魄健朗早熟，情史開篇早於常人，我與他的友情很快就被傳揚開去。一時間，我從默默無聞的小人物改換頭臉，扮成「知名人士」。每當我叉開雙腿跨坐在他的身後，油然而生的愜意便使雙腿飄飄如翅，全身生起翩然飛翔的迷醉感。每當這個時刻降臨，總會有無數雙步行上學和騎腳踏車上班的師生的目光，射擊我那可憐的「雙翅」。它們慢慢地耷拉下去，幾近碰到車輪輻條，再也無法隨風飛舞。

他筆挺的肩背，他的血流和心臟，就在我的眼前，舉手可及。他時時回轉那張端正中散發著神祕氣息的臉孔，衝我睒睒左眼，長長的睫毛尖上，挑捲著金暈暈的光輪。空氣擦過他的肩頭撲打在我的額頭上、眼瞼上。春天大好。種種憂傷驀然爬上心頭。那是《詩經》中「懷彼伊人在水一方」的傷春情結。實際上，可懷之人，不是仙蹤逝於綠野，就是近在咫尺。

書包裡的文具和課本，在春日月城漸起的喧囂中，隱隱地發出只有我聽得到的聲響。一個靠撫恤金生活的孤兒，不知不覺間，也像同齡的少男少女一樣春心萌動起來。朦朧和神祕莫測的初戀氛圍開始深深地封鎖他的心扉。他知道，青春在那個月虧星明之夜孕育成形，在那部賽車上，誕生了。

苦澀澀的羞赧從心頭湧到腮邊，回流到心田上，混合進來的是醇甜的癢意。肉體與心靈之間的幽黯，原本十分濃重堅厚，此時卻隨著車體和兩個人同一動律的顛簸，漸漸淡去。心靈與肉體間的互相靠近，幾乎是物理性地在進行。被排擠出來的幽幽暗氣，湧到唇齒間，化作一聲嘆息。

氣息噴撲在他的脊背上，沿著脊椎，驚動了他的意識。他再次回過頭，再次撥亂我的額髮。

那是我第一次發現體內的「嘆息本能」。至今我依然認為，它是靈魂溜到骨肉之軀的外邊，舒放一下久困的腰肢，馬上又被肉身吸閉起來的短暫過程。對於我，嘆息從來都以回到心中為終結。吐氣不過是最初的表徵。我感到，每一次嘆息之後，都從嘆息對象的心中體上，搜刮到類似於精氣的那種靈魂財富，溶解到自己的靈魂中。現在我願把嘆息這一現象說成「靈魂出殼」。我已好多年沒有「靈魂出殼」啦。記憶猶新的是每一次嘆息之後陡然發生的驚心動魄、山坍地陷般的感覺。那幾乎不可名狀，來勢凶猛，餘波經久不平。它的存在，隱喻著愛情與靈魂間的某種聯繫。也許，除去愛情，靈魂絕不以其他的任何方式進入現實。

在醫院的存車棚內，靠東側存放著一輛寬輪胎山地賽車，車架漆成藍天的顏色，與四十四十年前A的那輛一樣。但是，歲月已蝕去它的光澤。畢竟是四十餘年前的產品。我騎著它住進臨終關懷院，來到我最後的處所。我把它當成駿馬，除去有限的愛情時光，它給我平凡淡泊的人間歲月增添了昂揚高貴的氣度。由單側面的愛情和一匹象徵性的駿馬陪伴一生的人，不是很奢侈、很輝煌麼。

那個春晨之後相當長的一段光陰中，少年喪母的哀愁悄然躲開我，讓位給A粗粗闊闊的友情氣溫。他經常從家裡給我帶來精美的畫刊、名著譯本、連環小說和名人傳記。有時，他不回家，與我同睡一張床。那樣的夜晚，我總會失眠，生怕睡眠中身體的任何一個部位與他接觸，更擔心口腔經過一夜睡眠會腐蝕發酸，呼出不潔的氣息濁化他周圍的空氣。似夢似醒間，幻想翩翩躚躚，紛紛揚揚，在他的體溫籠罩中分外活躍嬌妍。他睡在我的身邊，呼出乳香味的均勻夢息，讓我感到夜色中的世界五彩繽紛，人間表裡無比澄澈，無比可愛。

回想起來，自認為平淡無奇、黯然無光的一生，實際上早已被那些夜晚所映照，即使算不上光華絕世，也足可稱為滿被福澤。不然，我就不會躺臥在絕無痊癒之望的疾病中，向你傾訴往日往事。總會有一股力量，推動人在最後光陰中去回憶去坦露一生的隱衷。那股力量的源泉，是我們無論歷盡多少恥辱和磨難，也不會失去的愛或被愛的「歷史」。

聖誕前夜，母親生前的教友我的教父王叔叔帶我去教堂望彌撒。我是自幼受洗，雖不每日去教堂，但聖誕彌撒是年年不落的。《天主經》、《聖母經》之外，我還會誦《榮福經》和《玫瑰經》。在教堂中，高高的拱頂，七彩幽深的彩色窗戶，喉音明亮的神甫，神祕的燭火和燭火後的聖耶穌及十字架，還有唱詩班高高矮矮、紮著領結的唱詩少年，使節日真正地來到了我們身邊，直至進入精神和意志的微妙區域。

管風琴的樂聲頻頻傳入耳穴。我發現唱詩隊中身材最為頎長的那個人很是眼熟。那時，我與A相識已近一年，從未聽他說起過信仰問題，更不知道他在月城最古老的大教堂中擔任唱詩童子。燭光中，他與平日判若兩人。那種與生俱來、近乎好色的面孔表情蕩然無存，黑幽幽的雙眸中幾乎噙著淚水。我想像不到，一個早熟的、已透出花花公子味道的、野性十足的少年，在唱詩班中如此和諧，如此恰如其份。我睜大眼睛望著他，一時忘記了教堂，也忘記了天主。

回家的路上，天空下起霏霏細雪。雪粒應和著風的韻律，向沒圍圍巾的脖頸中灑落不停。我不斷懺悔：望上帝饒恕我在教堂中一時忘記了祂，人們到上主的領地去淨化被紅塵汙染的靈魂，我不去讚美他，卻為凡間人物所誘引。

雪夜的月城街景愈發迷離。零零落落的彩燈和清一色橘黃的路燈，把雪花烘暖，迸發出凍溼溼的霧氣。偶爾有一輛遲歸的車輛小心翼翼地在街中間駛過。城市就要入睡，根本沒有一點節日的影子。那個年代，月城的人眾對耶誕節還所聞不多。

一部腳踏車「吱吱嘎嘎」駛近身邊，即將與我擦身而過時，連人帶車突然滑倒，車上的人將我壓倒在雪地上。就在那時，一陣得意而歡快的笑聲響起：那人順勢摟住我，有力地吻了吻我的嘴脣，然後說：「聖誕快樂！聖誕快樂！」

我不說，你一定已經猜到，那人是A。我們站起身，相互拍打掉身上的雪粉。脣間，那種溫潤而虛飄的觸感，久久滯留不去，甚至一直持續到現在。從那以後，我常常感到雙脣在潛潛暗燃，像花蕾在細雨中綻放，潤澤而熾熱。

他高出我半頭，一手扶車把，一手將我的雙肩摟在懷裡，為我遮蔽著風雪，慢慢走回家去。夜已經很深，兩個少年在不過耶誕節的國度，因為同一位上帝而並行在一起。他們本能地擁抱在一起，以少年人間純潔無瑕的吻，給對方送去聖誕的祝福。作為聖誕糖果的喻體，吻的元始意義漸漸被記憶所封存。幾十年的回味和回想，已將它一再引伸。為此，我曾付出過慘重的代價，直至失去了A這位最初始的戀友。

第二天是聖誕日，我穿上我當時最好的衣裳應邀到A家作客。客廳裡，A的媽媽把我帶到一株比我高一倍、彩燈閃爍的聖誕樹前。我簡直被驚呆了，對著樹上各種精巧的彩飾和晃晃蕩蕩的糖果，不知所措。這時，從樹後轉出一位高大的聖誕老人，紅豔豔的帽子、衣褲和鞋子，飾著雪白的毛皮鑲邊，同畫報上的聖誕老人一模一樣，只是瘦削一些。他背著白色亞麻布縫製的糖果袋，走到我的面前，憨聲粗氣地喚著我的名字，在我的額頭上吻了一下，說：「耶誕節快樂，葉紅車，我的孩子！」他把糖果大把大把地抓給我，塞脹了我衣服上的全部口袋。圍在四周的人群向我們發出一片熱烈的掌聲和讚嘆。我的臉被熱血燒得火紅。我用他人難得聽見的聲音說「謝謝」。

舞會即將開始，仍不見A出現。我四處張望，只見一對對情侶和一組組夫妻攜子的家庭坐在燭光中，喁喁交談。A的媽媽風姿婉約地招待著迎來的賓客。有幾個比我小一些的孩子，跑到聖誕樹下，肆意揪下包在錫箔紙中的巧克力球，邊剝開吞下，邊瞧著我嘻嘻地笑。我幾乎不能動，一走動，衣袋裡的糖果就會湧流到地上。

轉過身時，通向內室的玻璃門上映現出聖誕樹和我的影子。我看到自己久未修剪的頭髮從額頭分瀉到耳根，加上剛剛洗過，蓬蓬鬆鬆地閃著光澤，白皙的臉上清秀的五官在驚奇地圓睜著的大眼睛帶動下，呈現著興奮與不安交雜的神情。瘦弱的身軀支撐著一件寬大的、媽媽穿過的連帽栗色棉袍，雙手捂住兩個鼓脹脹的口袋。那樣子，在聖誕樹的背景上，顯得有幾分楚楚可憐。

聖誕老人已經分發完糖果，不知到哪裡去了。A還是遲遲不露蹤影，我感到孤單。正在這時，一位紳士模樣的人端著兩杯紅葡萄酒走到我的身旁，和藹可親地將左手上的酒杯遞給我。我猶豫著，接了過來。右側衣袋中的幾顆糖果滾落到地板上。我望著它們，很想彎腰去拾起來。他說：「你是A的朋友葉紅車，對麼？請到我的書房坐一下。他在搞一個祕密活動，不許洩露給你。」

我隨著他穿過玻璃門，繞過一小段走廊，拐入一間不太大、藏書滿架的歐式書齋。我們落座的是一張寬大的牛皮質長沙發，與書齋的氣氛不很協調。我藉機將酒杯放到書案上，再次用手捂住口袋。

他的臉龐黑中透紅，也許是飲過酒的緣故，眉宇之間的英氣和嘴角牽動時透出的不熄的情焰，很近似A。只是他的嘴脣略嫌寬厚，沒有A那麼線角分明。他舉起杯，見我沒有反應，便一飲而盡，自語般地說：「我的小寶貝，沒想到我兒子有這麼一個可愛的小朋友，應該早些來家裡。」他起身熄掉頂燈和壁燈，只留下一盞明黃色的落地罩燈。我悄悄把手指伸進衣袋中，讓指尖一一觸摸那些包在很美麗很美麗的玻璃紙中的糖果：若是媽媽還活著，回家後就可以與她分享這些甜美的糖果了。

他緊靠著我坐下來，大大的手放到我的腿上，笑著盯住我看。盛年人寬大的肩膀和高壯的身軀將燈光遮住，長大的鼻子和噴著酒氣的大嘴在向我的臉靠近。我本能地鬆開保護著糖果的手，用它們護住臉。透過十根指尖，我像嬰孩兒同大人面對面捉迷藏一般，天真地看著A的生父。我捉狎地想，當我拿開雙手，他已消失不見，再現時臉上已罩掩著一塊紅色的尿布。

右側衣袋撞到沙發的皮面上，迸出幾粒糖果：這是我通過觸覺和聽覺所感受到的。與此同時，他已把我壓倒在沙發中，伸長舌頭舔我的脖頸，還企圖穿過指縫舔我的臉。我沒有掙扎，沒有叫喊。我忘記了那些能力，只記得閉緊雙眼，捂嚴捂實臉孔。

大衣的鈕扣被解開或被扯落，糖果汩汩地流到地板上。毛絨衣被大手從肋骨上卷到胸前。可憐的褲子也被褪到鞋面上。他粗喘著，用大手撫弄我脆弱得可以折斷的兩肋。若不是恐懼過剩，那種奇癢是會令人從骨膜上發出大笑的。很快，一具強壯的裸體滾滾燙燙地壓上來，讓我喘不過氣來。除去不堪重量之外，我幾乎沒有什麼特殊的感覺：既不痛苦，也不快感，既不厭惡，也不喜歡。他的每一個動作我都清清楚楚地感觸到，在大腦皮層上留下劃痕。對於十六歲的我，彷彿這道遊戲並不陌生。純粹官能的刺激不會給我的靈魂造成任何傷害。我只是不喜歡將要窒息的窘迫處境。當他把身軀的波動止息並抬起的時候，我幾乎對他的大度寬限懷著感激。

我慌忙提上褲子。我感覺到雙腿之間黏著大片大片濕兮兮黏乎乎的物質。胡亂地掩好大衣，糖果對我已失去了魅力，散落在地板上，反射著浪蕩的光芒。剛剛發生在沙發上的一幕動作戲，彷彿我是主角，至少我是同謀。我惶亂而羞愧，想逃離現場。他拉住我，慈愛地撫平我的長髮，繫好大衣的扣子，還一一將糖果從地板上沙發中拾起，揣進我的口袋。

他拍拍我瘦小的肩頭，深情地望定我的眼睛，低沉地說：「你不會告訴我兒子，不會告訴任何人，對麼。歡迎你常來玩兒。」他一絲不掛，高高大大，把我擁在懷中，緊緊地抱了一下：「謝幕」儀式以此為終結。

回到客廳時，穿著聖誕老人服裝、扯去鬍鬚的A快活異常地迎過來。他說的話，我一句都沒聽清。我反覆在想，轉瞬之間他所面對的已不再是原來的我了。我沒有去捂住口袋，裡面的糖果卻乖乖待在一起。

我堅持提前離開晚會。A只好送我到大門外。舞會的音樂，舞會的燈彩，頓時離我遠去。我向他揮揮手，默默地走到行人寥寥的街道上。

昨夜的雪已被行人踏實，沾滿砂土。口袋裡沉甸甸的糖果和雙股間冰涼涼的體液奇怪地同時伴隨著我的腳步，同行於耶穌誕生為人後的人世。

回到家中，我把糖果一粒不剩地拋進爐火中，眼看著它們熔化、焚燒、化為烏有。然後，我細心地用幼年時洗澡用的大浴盆將身上的每一個毛細孔都洗乾淨。熄滅燈，我仰躺在床上，任淚水流入雙鬢，再滲到枕上。

亂夢如蟻，渾身大汗淋漓，想從夢魇中醒過來，卻找不到自己的肢體，只憑無手無腳的大腦無法搖醒自己，掙扎著，想搖晃軀體，攪破噩夢，可是被搖動的只是一顆無軀無幹的頭顱，昏昏沉沉，噩噩濁濁，世界全被濃煙厚霧所籠罩，幾乎沒有新鮮空氣可供吸食，一顆小鳥的頭顱掙扎著在煙霧中沉淪，深淵縹渺不見底，牠張開可憐的黃色尖喙，鳴叫立即被熱流堵塞，僅存的頭頂和兩頰的白色羽毛開始燃燒，直燒到黑色的眼圈和睫毛。

我大叫一聲，從重重濁夢的牢窗中解脫出來，渾身汗水如洗，額頭燙似炭火。我渴。我知道我該吃藥。我想，應該再洗一個澡，溼淋淋的棉被要放到太陽下晒。可這一切我都無法做。渾身的氣力在同夢魇的搏鬥中已化為體液，流到體外。

我睜開眼，看到東方既白。太陽照射到窗櫺上。群鳥亂啼。A在樓下呼喚我，喚了許久。寂靜過後，他敲響房門。我張了幾次嘴，發不出聲音。他走了，一個人騎著他的藍天色駿馬，馳過街巷，穿越人叢，去上學。

黃昏時分，我感到元氣絲絲縷縷地從冥冥世界爬回體中。勉勉強強爬起來，穿上衣服，給自己倒了一杯白開水，慢慢喝下去。爐火早已熄滅，房間裡陰冷得令人牙齒相擊，全身顫抖。拉開電燈。吞下一把藥片。打開壁櫥，抱出媽媽生前蓋過的那床細布棉被，鼻梁骨酸酸的。A喚著我的名字，敲響了門扉。抱著被子走到門前，聽到他在木板門扉的另一面說道：「紅車，紅車，開門，開門呀，出了什麼事，生病了，還是誰欺負了你？打開門，我已經聞到你的氣味兒啦，你就站在門內，手裡還抱著什麼東西。」

我沒有動。他停頓片刻，又說：「再不開門，我就生氣走啦，你永遠別想再見到我！」門外靜了一陣之後，樓梯上傳來一陣跑下的腳步聲。

一切重歸寂靜。我面對漆成白色的門扉，淚水潸然而下。

元旦過後，我背上書包，移動起病後蒼白得幾近透明的生物體恢復了學業。上學或放學的路上，獨自步行的我時常會遇到A。起初，我們互相注視，然後擦身而過。後來，他從我身邊駛過時，頭不再側轉過來。一直到他畢業離校，升入月城大學音樂學系，我們都再未交談一字。

剛滿十八歲，我獲准到附近的一家蔬菜商店上班：想上大學就必須有一筆相當可觀的錢，政府的撫恤金已經停發，我必須為自己掙得上學的經費。

有意無意，我避開人眾，不與任何人發生工作以外的親密關係。兩年時光，雖然單調、默默寡歡，但很寧靜。二十歲那年的春天，我考取了企鵝大學的歷史系。那時，實行春季入學。選擇歷史專業，可以算作沒有選擇的選擇：我既不擅長思想，又乏創造才華，理化學科成績也不十分突出：進入人人都身處其中的「歷史」名正言順一些。

十六歲的聖誕夜，把我劃分為少年與成人兩部分。我的青春，似乎一閃就消逝了，根本構不成一個時期。「青春年華」一詞於我，不過是與A相伴的不到一年的時光。以後相當冗長的歲月，沒有愛情，沒有友誼，沒有衝動，沒有奮發甚至也沒有消沉。在這個星球，我已住了快六十年，似已遠遠超過應有的期限：活在世間，既沒有贍養老人，又沒有撫育後代。

上了大學，時光回到書本上，在文字上向遠處流淌。同窗幾乎全是男生，一般都家境優越，很少有人住校。與我同住一間宿舍的另外三人，都是家居外省、家業中等的理科生。除去日常的應答，難得有認真的交談。晚間他們去圖書館，我到校外的「嵯峨野」酒吧做侍應生，以掙足買書買紙筆的錢。

學業上，我不高不低。為人上，我不出風頭也不斤斤計較。吧檯前，我對客人彬彬有禮，對老闆不卑不亢。我過著平靜的，不慍不火的日子。耶誕節，我便去教堂，誦經感謝天主保佑失去雙親的孤兒能平安地過著自食其力的生活。假如不是「嵯峨野」換來一位新的侍應生，假如不是成年後與A的邂逅重逢，假如我不在管理圖書的某一天為一個小夥子偷了一本禁書，可能我的日子就會風平浪靜地過到今天。

疼痛是徹骨的，那種病症，我知道。他在它的陣陣抽打下，緊抿著失去血色的嘴唇，從不發出任何呻吟或呼喊。肉體的默不作聲和劇烈抽動掙扎之間，裂開一道淨明的鴻溝：沉默固守沉默，顫抖固守顫抖，對峙著，絕不相互逾越。

我已十分熟悉這種對峙。令我震驚的，是鴻溝間的淨明。我不信神明，不相信靈魂和前生來世，但我不能不承認，那種淨明就是他的「靈魂形象」。是它將生命的動與靜、苦與樂、存有與虛無、生與死連結為一，又分解為二。生命與生命隔著它遙遙相望，繞著它周轉不息。在一個孤孤單單獨自成長獨自面對死期的人的身上，它體現為驚人的和諧與誠摯。

醫生的職業所訓練成繭的鐵石心腸，在他的面前被軟化為一種妒慕。這絕對讓人意想不到。妒慕什麼吶，疾病，疼痛，將臨的安息，沉默的毅力，或者顫抖如秋葉的薄弱的身體？或許，你在為自己是個徹頭徹尾的異性戀者而沮喪，為你必須借助異性來完成和諧的人生結構而心生忌恨？我無法解釋目睹他猶若遊絲的生命時光的感受：難道我願與他交換立場，冒著刺骨疼痛的威脅和隨時去見死神的危險？我對自己心生疑竇，不僅僅對於自己的妒慕，而且是對既往的堪稱典範的全部生活。

單純旁觀者的職責性同情，一再被目睹「靈魂形象」的事實所動搖。不能確定的是這種動搖發生於意志基底，還是僅限於物理性的病房氣氛的浸染。

媽媽生前給我看過爸爸的一根野牛皮寬腰帶。除此之外，我對他一無所知。關於父系家族的歷史，媽媽似乎同我一樣一無所知。這種無知，造成許多疑慮。我對血緣至親的好奇與探究，在初醒人事之時就已開始。後來選擇歷史專業，多多少少與此有關。我總猜疑：我是不是個棄嬰，被善良的媽媽拾得來，她便為我付出了年輕的一生，我是不是個私生子，清雋如白雲的媽媽也許被一個滿臉鬍渣的健壯大兵誘惑，生下了我；爸爸或許是個花花公子，縱飲縱慾過度，死於傷寒。他若果死去，一定死於傷寒，一種紈袴子弟最容易在床上害上的病。他若是活著，就一定還待在軍隊中，騎著高頭大馬，威武雄壯。他的家要麼窮困得片瓦皆無，要麼詩禮傳家、富貴累世，不可能不高不低、不貴不賤。祖父麼，和祖母，什麼樣子吶？穿長袍馬褂、梳辮子麼？

媽媽穿旗袍，腰肢和脖頸都十分優雅，秀髮過肩，髮梢蓬蓬地鬈起，像團團雲朵。她好像是棄家「私奔」出來的，從未見外婆家有人與她往來。倒是她常常給我講些外婆家的故事，諸如外公信天主但又不肯讓女孩子進正規學堂，舅父上學要跟保鏢，外婆與大姨媽長得十分肖似，媽媽小時候經常出入教堂與劇院。無論媽媽講什麼，哪怕很簡單的一個故事輪廓，我都能加上許多生動、栩栩如生的細節，當作確曾發生過的真實往事記在心裡。媽媽去世後，沒人同我講述陳舊古遠的往事，我的想像力也就漸漸趨於枯竭了。

那根粗皮帶除去標明父親是個男人外，負面作用也很明顯：父氏形象凝煉為一條牛皮腰帶，以致這種具象衍變為一個公式：腰帶＝父親＝男人。發生與A的父親的肉體聯繫後，「父親」作為一個概念才第一次融入一具血肉之軀。在此後的回憶和幻象中，A父的腰上，總是紮著我小時見過的那條皮腰帶，無論是西裝革履，還是赤赤條條。有時它也會與A的形象相疊化。我愈是急於將三個人區分開，愈是看到同一條皮帶束起三個男性的身影。那三個影子，一個生育過我，一個吻觸過我，一個占據過我的身體。想從皮膚上、從大腦皮層中抹去其中的任何一個，似乎都不可能。

銀杏樹的顏色，在月光下呈現銀色。小時候我弄不通，今天仍舊不能確認的是，銀杏樹葉的黃色為真，還是銀色為實。同是一株樹，同是一片葉子，晝夜卻判為截然不同的冷暖兩色。無論陽光下的五色為正，月影下的黑白灰為反，還是顛倒過來，都難以判定真偽反正。人們以陽為正，陰為反。我們如果說銀杏樹葉是銀色的，眾人都會笑我們無知。一個人似乎不可能白晝為男，夜晚為女：性別一成不變。然而，與銀杏樹葉比，人的不變是真理還是葉子的變化接近真理呢？我試圖認清自己的物理性別，而不止是心理性別。我懷疑自己遇到A，帶有尋找銀杏樹葉的黃顏色的意味，如果我是銀顏色。我也懷疑，不是A父誘姦了我，而是我想藉他給「父親」的觀念以一個有血有肉的形象。

嵯峨野酒吧位於學府區南端，隔過一條街就是有名的玫瑰湖。據說，古今往來許多情侶迫於種種壓力不能結合，便雙雙投湖自殺，死後的靈魂就化為湖畔大片大片的玫瑰花，湖域因此而得名。酒吧距湖畔和幾大學府的路段，垂柳依風，青石為路，本乃情侶黃昏散步的佳所福地，嵯峨野也因此生意興隆。

少老闆掌管廊內生意。他的身上流淌著四分之一日耳曼人的血，皮膚薄而且白，幾乎可以看到膚下的枝枝靜脈。他三十出頭年紀，灰色眼球，頭髮微微泛出栗色。據說他早年曾負笈美國史丹佛大學專攻歐美文學，但很快墮入一位義大利少婦的情網，將家產蕩盡，學業荒廢，最終被少婦一腳踹開，直至吸毒成性。他父親的一位好友把他「押解」回國，戒毒後開了這家酒廊。

酒廊的內外部建築為仿溶洞式，內頂部高深幽暗，座席之間以各種各式的熔岩懸柱分離開，錯錯落落。每張桌上都燃亮一盞蜜黃色玻璃罩燈，使室內洞穴的幽冷受到放逐，任何一雙伴侶走進來都會因洞內冷暖的巨大反差而加深憐愛之情。

我和另一位侍應生調酒的吧檯，位於洞穴的入口處，燈盞有八，狀色似凝脂在燃燒，明晃晃的鋼質調酒器皿，一排排晶明的各種型號的玻璃杯，壁穴中五彩繽紛、玲瓏剔透的名酒，把那裡映成了一座小舞臺。少老闆親自教我如何站立，如何應答，如何使用酒具，酒的名稱、價格，給什麼樣的客人用什麼樣的杯子，哪一種酒用哪一種杯子最為得體，以及倒酒的姿勢、倒酒的量度等等。那一切，我很快就掌握了。兩年下來，除去宗教史知識大有長進外，我的功課成績平平，酒廊的薪水卻屢屢升長。那裡的顧客對我十分滿意，甚至有些常客是為能接受我的服務而經常光顧酒廊。勤勞改變了我拮据的經濟局面。我為自己買了一盞蘑菇狀的毛玻璃檯燈，放到宿舍的床頭用來夜讀。我還買了光緒初年浙江書局輯理刊刻的《二十二子》，那套書用去了我全數的年終獎金。大二的時候，我購買了一部山地賽車，我把它當成我的「駿馬」。

騎著「駿馬」穿越月城，獨自往來於家、學校和酒廊之間。期待與A重逢的心，熱脹之後又漸趨冷卻。一旦鼓起勇氣駛上通往A家宅邸的大街，心就怦怦激跳，聲可及耳，沙發和沉重的身軀又會再現目前。騎上「駿馬」，但並非錚錚鐵漢，即便有勇氣敲開他家正門，也同樣有勇氣踏入書房麼？就這樣，「駿馬」拐進一條陋巷，馳回家中。只有躺在床上，反反覆覆想像著他的音容和成長後的狀貌。

大三一開學，一名侍應生辭職，補充來的新手是蘋果學院的新生，攻讀心理學專業，我叫他作B。我已被升為領班，教他業務的工作少老闆交給了我。他一見到我，便明朗地笑露出整齊細緻的牙齒，伸出手同我握了一握。給他戴帽子時，我仔細端詳著他：開闊的額頭，濃密的劍眉，黑亮靈動的眼睛，肌膚潤澤、微黑，唇齒間閃動著俊美少年特有的光輝。他的目光流動到我的臉上，血液頓時奔湧到被它觸撫過的頰膚間，燒出兩片紅暈。他伶俐而大方地避開目光，流望著溶洞的岩柱和岩壁，說：「這裡可真是塊談情說愛的真如福地。」他還沒滿十八歲，低沉的嗓音講出的話，宛似歷過多少愛情滄桑，讓我吃了一驚。

那一年，春風姍姍來遲，遍街的桃樹含苞過久，一夜之間全部綻放開來，又一夜之間凋零紅塵。我推著車在月城步行，不忍讓車胎碾壓依舊妍美的花瓣屍軀。寥寥落落晨起的行人，匆匆地穿過泛綠的柳絲，踏在落花上，腳步毫不留情。彷彿我是那位「聽風聽雨過新年愁草〈瘞花銘〉」的詩人，面對乍來即去的闌珊春息，不禁悲從中來。

路經蘋果學院時，我慢下腳步。許久未曾發作的傷春情懷，被院內的參天古樹、灰色建築所阻劫。據說這裡的建築設計師，曾任日本東京大學的建築總設計師，兩所學府在構造和風格上有驚人的近似之處。當時，它以人文學科尤其是社會學、心理學和精神分析學的研究成績斐然而著稱於世，後來它毀於兵燹。與企鵝大學的東方古典園林式布局和建築相比，蘋果學院一派高深而嚴謹的歐洲學者風範，令人肅然起敬。以往，我路經這裡，只是走馬看花地對它掃上一眼：那是有錢人家的子弟才進得去的學府，我從未奢望過有一天會走進它的大堂。路經此地，我發現自己對它產生了非同以往的興趣：在它的深處，有一位晚間同我一起站在吧檯後的英俊小生像魚一樣在游動：在貴族學院裡，他也許是獨一無二的庶民。

正在動著這些無聊的念頭，一輛黑色的老爺車悠悠地駛過我的身旁，停靠在校門近處。車門打開，一男一女分別從兩側鑽出。男子中等身高，西裝煥然，風度翩翩。女子穿著錦緞旗袍和毛線短衫，身材豐滿窈窕，與男子的少年背影恰成對照。女子繞過車首，來到男子對面。我看到她的臉上化著淡妝，口形塗成在當時很倩的櫻桃小口，紅豔豔的，在晨光中格外耀眼。燙過的髮鬈一浪推動一浪向額頭湧去，眸子深潭般蓄滿憐意柔情。看得出，她已有二十五、六歲的年紀，屬寂寞難耐的閨中少婦之列。就在這時，男子的側影將B的面貌隨光風光送給我。這一現場似乎在想像中已經存在過：他們擁抱在一起，B吻了吻她。那一瞬間，我的心被針刺一般疼痛了一下。其實，我只不過才與B做過一個晚上的調酒同事。

汽車開走時，B的左臂與車窗中伸出的戴著玉鐲的手臂交錯揮動著，像兩支沒掛旗幟的旗杆。

我無知無覺地跨上車架，踏動軸把，在青石與落英之上輕輕駛過。這時，B發現了我，熱情地迎過來喚道：「葉紅車、葉紅車，是我！」我停在他的身邊，向喉嚨內嚥下一口苦苦澀澀的滋味。無論如何，他的落落大方和見到老相識似的高興勁兒，是無可挑剔的。我不冷不熱地同他寒暄幾句，便把他拋在路邊，踏車疾行，拐上另一條寬街。很明顯，我有意冷落他。我咀嚼著他的道別辭：「明兒晚兒見！」明天晚上，週二的晚上，在酒廊中，他歪戴上白色貝雷帽，扮作持貴族血統的侍者時，嘴唇上也許還會沾洇著桃紅色的唇膏罷。

週二晚六時前十分，B準時到嵯峨野，繼續他第一週的見習工作。更衣室裡，他衝我粲然一笑，像老朋友一般拉了拉我的手，然後迅速脫掉那套英國細呢面料的鐵灰色西裝。當他裸露出可以稱得上清瘦的臂膀換襯衣時，我把目光避開。隱隱地，我感到從他的身體上燃放出某種光焰，在烤灼著我。久久被謀生的勞碌所掩蓋的成熟的情焰，猛地闢開意志的埃土，勃勃如炬。已經二十多歲的我，不會不了解那種生物場景意味著什麼。

在吧檯，我第一次為客人倒錯了酒，臨近打烊，又忘了為一杯綠酒配上串在檸檬片上的綠櫻桃。

心猿意馬的狀態也時時發作在學校裡。宗教史課的筆記本上，赫然寫著：「一九一七年十月三十日，馬丁・路德（一四八三—一五四六）在維滕貝格城堡大教堂門上公布《九十五條論綱》。」還有：「他六十四歲欽受神甫神職。」其實，馬丁．路德是二十四歲受神職，發動對羅馬天主教的改革是一五一七年。午餐時，從不與同窗密切往來的我，竟然主動提出請大家去吃烤肉，受到幾位有錢人子弟的拒絕，討了個沒趣兒。在宿舍中，那盞蘑菇燈安安靜靜地放出光亮，照亮我手上一個字都未讀進的書頁。不知怎樣一個動作，我把燈弄掉到地板上，摔碎了玻璃罩，驚醒了酣睡中的同室。

躺在被褥間，一陣陣冷冰冰、涼颼颼的溼氣從下腹出發，掠過汗毛的根部，流至腳趾尖，再倒流回雙股的根處，化為寒慄，漫過全身。輾轉反側中，金彩浩蕩的夢景滾滾而來。五色人流翻騰著蒸汽，托起一匹棗騮色駿馬。牠揚頸嘶鳴時，我發現牠生著人的面孔。那張面孔令我神魂顛倒。在夢中我無論如何也想不起那是誰。駿馬從萬人頭上飛奔而過，踏到我的胸上幻變成一匹與貓體同大的小鳥，不停蹄地轉著圈在我胸上踏來踏去，震盪得連我身下的大地都在彈動。驚醒時，我的心臟在胸膛裡猛跳不休。

心神恍惚地度過了早春天氣的最後一個星期。荒疏的課業，接二連三的工作差錯，茶飯不思、寢臥不安的生理狀態，使我對自己產生很大的疑懼。原有的對A的懷念空間，被B的形象擠壓著蜷縮到心靈的後景。B的影像在開闊的心靈舞臺上英氣奪人，光華奕奕，同時又變幻無常，來去不定，難以捉摸。對他與那位女子間關係的嫉妒，對他晚間工作與其身分不諧的疑問，直至對他小小年紀卻能從容不迫、落落大方地充任兩個以上生活角色的能力的驚奇，也未能緩舒對他的思慕。我向學校也向酒廊老闆請了一個月病假，把自己關在家中，判處自己一個月的監禁，罪名是「擅自暗戀良家少男」。

一個月後，我將蒼白羸弱的自己「釋放出獄」。騎車在路上，陽光刺痛我的雙眼，手臂似無縛雞之力，車把在十指間不住地搖晃，多次險些從座上摔倒下來。我只好推著車，緩緩地步行。

街景因為樹冠的綠葉而大大改變了。鮮花店前的鮮花上灑著淨水，香氣四溢。午後四點半的西方太陽，在我的臉上身上撲滿黃澄澄的春暖。「家庭牢獄」中對時間一分一秒流淌的高度注視，作為刑罰，把活躍的生命引入清心寡慾的意志石渠：以此壓抑遲遲甦醒的慾念和神往另一生命的幽思冥懷，似乎很有效。B所占據的情愛舞臺上，一盞盞明燈漸次隱滅。童年時媽媽帶我領聖事時幻見過的上帝的光影，從靈魂的空間發出，照耀到漸趨黑暗的心室中。三十天的苦修過後，我的目光已像小德蕾沙修女一樣，安寧，深邃，疏離，遙遠。

復課時，我大病初癒的樣子，得到幾位心地善良的同窗和老師的同情。若是以往，我會為此感動，這次卻不。愛和扼殺愛，在把我由溫軟導向生冷。晚上，我走進嵯峨野見到B時，臉上已自自然然地掛上了無力的微笑。

B已經成了熟練的侍者，手腳麻利，動作準確到位，一招一式，與他揚揚灑灑、輕鬆自如的性格相映成趣，顯示出某種不經意的帥氣和瀟灑。不過，在「德蕾莎」的眼中，這一切不過是凡夫俗子從上帝那裡臨時借來的光環。用不了多久，那光環就會被上帝收回去，也許通過女人，也許通過時間體式。

我考驗自己，故意讓目光追隨著他，不放過他的一舉一動、一顰一言：我沒有動心：他同世界上成千上萬的男子沒什麼大的不同，也許出身高貴些，天賦高一些，模樣颯爽一些，不過僅此而已，他也是父精母血所孕所育，也曾夾著尿布含著橡膠奶嘴兒，將來也會衰老不堪，滿臉皺紋，鬚髮灰白，也會一命嗚呼、化灰化煙。

我心安理得地站在熔岩和酒瓶的壁壘前，任燈光照耀著細緻的肌膚。鋼質和玻璃質的器皿上，映現出無數個「我」。我望著他們，感到自己心如古井。

春分月圓後的第一個禮拜日是復活節。往年的復活節我都是一個人在家中，為人世曾有過的唯一一位親人祈禱永福。今年我剛剛從愛的獨力掙扎和痛苦中「復活」，理當去教堂望復活大彌撒的。宗教史上講，復活節日期的確定是在西元四世紀，耶誕節被認定在十二月二十五日也是西元六世紀的功績。我想，它們遲於耶穌誕生三、四百年甚至五、六百年，是因為教會本身到那時才因屢屢罹蒙磨難，找到了一種可見的統一的形式或曰表像，將不可見不可言說的神恩從天主那裡領受而來。

到教堂望復活瞻禮彌撒的人，信徒多於非信徒，老年人多於年輕人。我走進教堂時，典禮還沒有開始，但已虛席寥寥。找到一個席位跪下後，便開始貪看那些與上帝的靈光有某種潛在聯繫的彩色窗玻璃。晨光在它們的外邊，上帝的光輝在它的內裡。作為仲介，它們幾乎不是人間造物，似乎是摩西受命建造聖所時就已經燒煉而成了。

唱詩班彷彿永遠由一群純潔如天使的少年構成。彷彿從我未懂人事，在媽媽的懷抱中進教堂起，他們就一直站在那架管風琴旁，燭光與歌聲使他們永遠不老。似乎只有A退出了他們的行列，或許因為他長得太高，皮膚又不夠潔白，更宜於食人間煙火。

十六歲的聖誕前夜，唱詩班中的A使我與上帝更加接近。時隔七年，他的缺席或退席隱隱地敲擊著我。我相信，如果他還站在燭光中，穿著白上衣，打著黑領結，梳著光滑的偏分髮式，我一定會在彌撒結束後等在教堂外，與他熱烈擁抱，向他傾倒出長長的思念。

彌撒進行得十分莊嚴、神聖。結束時，人們都站起身，依依不捨地離去。教堂外，八、九點鐘的太陽金輝燦燦，與教堂內完全是另一番景象。這是兩種光輝：陽光負責現存的生命，靈光照耀永恆的靈魂：它們是同一種上帝之光。

陽光重新喚醒我對身體的記憶。我走動著，讓被靈魂遺忘的四體和大腦恢復到它們固有的轄制靈魂的位置。這時，等在路邊的一個人向我伸出雙手，將我的右手握進寬厚有力的掌中。霎時間，我的腦螢幕上劃過一個頑皮而冷酷的念頭：勾一勾食指，搔搔他的掌心，讓他奇癢難耐，然後騎「駿馬」逃之夭夭。

按照生活的戲劇性規則，那個人肯定是A的父親。他依然高大健壯，面色黧黑，精神十足。他曾經是我個人歷史劇中的一個插曲，角色涵義不容忽略。現在，他出現在復活節期教堂門外，猶如鬼魂出世，攫住我的手，施用魔力，將我帶進了一輛漆成乳白色、鼓著兩隻大蛙眼的汽車中。

汽車開啟時，透過反光鏡，我看到A的媽媽穿著高貴的白色裙裝，戴一頂白色禮帽，正從教堂正門走出，步下石階。

我二十三歲，閱歷不深也不淺。比起同時代的大學生，我為謀生可能沐浴過更多的世間風雨。坐在汽車裡，我既不忐忑不安，也不坦然自若。從豪華臥車的車窗觀望週日的街景，心情如行人和車輛般閒暇有致。涼絲絲的風透入車窗，吹拂著我的面頰，我感到自己沉靜得楚楚可人。

汽車停在一家名為「三角森林」的咖啡館前。咖啡店的外貌像一座建在林邊的木房子，牆壁全是用沒有去皮的紅松樹板平豎著排拼而成，窗和門框，一律用白樺木帶皮的切片拼鑲而成，屋頂類哥特式，漆成暗紅色。門楣的招牌用霓虹燈製成，英文名字大於中文名字，分別為橙色和藍色，雖然是白日，由於小屋處於樓群的陰影中，招牌燈依然亮著。室內一色的木材原色的木桌木椅，板牆上掛著四幅風景油畫，時間還早，只有一位年老的男性顧客坐在角落上，啜飲著咖啡，似在獨懷往事。

他把我帶到牆角的位置，座位有一半臨窗，他坐到逆光的一側，我與他面對面。

新研的咖啡端上來後，侍者遠遠地隔著明亮與幽暗交錯的室內空間站定，等候招呼。窗外，僻靜的街道大部分處於陽光的視線外。街對面，一幢大屋簷式的建築物，不知姓氏年代。他品一口咖啡，向我介紹這家咖啡館的歷史。他說它的前身，是傳教士利瑪竇活著的時候就已存在的一家西洋點心鋪。八國聯軍進京都時，月城中也闢出了幾塊租界。一位英國人把這裡改造為現在這個樣子，名字似乎是取自某一個古老的童話故事。

逆光中，他的臉多多少少增添了文雅之氣，但也絕不像個讀書人或詩禮傳家之輩。除去嘴部輪廓外，A面部的許多特點都可以在這裡找到源頭出處。因為這，我幾乎對他產生親近的感覺。在某種程度上，我把他當成了A的未來語態。

那是我第一次喝咖啡。第一口進入咽喉時，我幾乎想吐出來。直到嚥下片刻之後，才有一股很淳正厚樸的香氣從口腔中飄溢而出。

他觀察著我的表情，不由得笑了起來。在他身上，某種豪爽、粗獷的氣質顯露出優勢。從前，它只體現為肉慾和縱歡。他說：「真對不起，一見到你，我就情不自禁。現在，我多少能控制。那時候，我認為你與我兒子早已效過于飛之樂。他那時經常在你家裡留宿。真是冒犯了，儘管我當時並不知道你孤身一人。」

我沒說什麼。面對一個成年的長輩，自己眷戀過且依然念念於懷的戀友的父親，一個曾因情慾與我肌膚相親的人，我說不出任何話語。

他問我在幹什麼，我回答：「讀大三。」他問我經濟來源，我說：「打夜工。」他還問了我的學校名稱、系別、公寓房間號。他說如果我願意，可以去他的貿易行上班，薪金會很優厚，每天下午放學後他派車來接我，工作兩個小時就行了。我搖搖頭，拒絕了。我並不怕他，也不是故作清高，只是覺得目前的生活很清靜，變動也許會造成內心的波亂。

歸途，他交給我一個信封，是那種老闆給下屬發紅包時樂於使用的款式，裡面裝著厚厚一打鈔票。下車時，我還給了他。

近午時分，教堂前的小廣場上遊客如雲。我從存車處取出腳踏車。騎回家中，為自己煎了兩隻雞蛋，拌在昨日吃剩的白米飯中充作午餐。嚼著飯粒我才意識到，與他一個小時的對坐中，雙方都沒有談到A及其現狀，彷彿他已隱居世外，而且退居於我心之外。

午飯後，我去公共浴池洗了個澡。洗澡前，先修剪了頭髮。這個復活節的前夜，我忙於課業和酒吧的工作，只在窄小的衛生間裡簡單沖洗了一下。節日祭典之後的大型洗理，或可彌補沐浴不澈底的「過失」。

洗浴歸來，我在那張從幼稚園起就開始使用的小寫字桌上鋪開紙張，給靈界的媽媽寫信。我寫道：「親愛的媽媽，同天主聖父聖子聖神和聖母在一起，您一定很愉快。想不想我吶？我已長大成人，二十三歲了。托您的福，我能自己養活自己，自己供自己上大學了。不那麼忙的時候，我總是回家來住。住在您曾生活過的房子裡，我感到安心。這張寫字桌，如今變得這樣小。當年您在這上面教我寫一二三四五六七八和畫小人兒時，它卻是那麼大，我根本搆不到它的邊緣。媽媽，春天來臨的時候我愛上了一個男子，他年弱於我，是個有錢人家的孩子。他一邊同一個闊太太談情說愛，一邊到我工作的酒吧間打零工，與我相比，是截然不同的一類人。當然，他的性格和長相，都會討您喜歡的。我也是男子，愛上自己的同性，實屬身心不由己。現在好了，我判了自己一個月監禁。刑滿釋放後我從情網中拔脫出來，堂堂正正地『重新做人』了。在人群的世界，我孤孤單單，但心中有您，有童年溫馨的往事。媽媽，我會純潔地生活，直到上帝和您召喚我回去。媽媽，天堂也過復活節麼？如果也有這個節日，兒子就要叩首對媽媽說：媽媽，復活節快樂。再見，媽媽。我還會給您寫信的。」信寫好，我將它裝入自己糊製的潔白的信封中，封好口，放到抽屜裡，鎖上鎖。

晚上，我懷著對上主的感恩心情踏進了嵯峨野。整個晚上，我對顧客和同事都禮情有加。一旁的B不停地咕嚕嚕轉著黑眼睛，對我感到新奇。我愛過他，偷偷地，單相思式地，又用「鐵窗」扼死掉那種「倒錯」戀情。他曾幾次邀我聚談，我都藉故回絕了。今天是復活節，我心情很輕快，可以坦坦蕩蕩地同他談談話了。

酒廊打烊後，我和B收拾好酒具，打掃罷客席的衛生，換上了屬於個人財產的春裝，熄滅燈箱招牌，反鎖上門。

其他的侍應生早已離去。少老闆與家人共度復活之夜，沒有來。偌大一個溶洞中，就剩下我和B二人。我給他調製了一杯我最拿手的蛋乳綠酒，他為我調製了剛剛試驗成功的草莓甜酒。

全部客席燈光都被關掉，只留下中央的一盞。兩杯酒一紅一綠，裝在兩只高腳長頸的玻璃杯中，被端上桌面。四周靜悄悄的，幾乎能聽到對方的呼吸。孤燈對坐，我們一同舉起杯。

他說：「一見到你，就被你的目光打動。那是一種男性眼中少有的善良、溫柔而孤怨的眼光，背後隱藏著數不清的克制和自憐。真的，我從未見過這樣的眼睛，哪怕是在最柔弱的女性臉上。一見你，我想我與這個人準能成為好朋友，而且是最好的朋友。」

兩只杯碰到一起，發出清亮亮的響聲。猶如冽冽甘泉，瀑流入洞，那響聲在岩壁間久久繚繞。我喝了一大口酒，明朗地一笑，把素日的淡泊、矜持全拋一邊。我說：「我也願有你這樣一位朋友。我沒有朋友，一個都沒有。」

又是一大口酒甜滋滋、暖融融滑入腹中。我們凝望著對方，凝望著對方的雙眸，放下酒杯，雙手在桌面上緊緊地握在一起。他笑了一笑，隨後向我講述了他的生平故事。他告訴我，他為何從船城寄居到月城的姑姑家，為何來打工，為何與一少婦同居。他告訴我，在蘋果學院，他是個特殊的人物。他對學業不太在意，對學院生活的興趣不大也不小，對女同學的垂青採取敷衍的方式，對男同學的側目而視視若無睹。於是，他註定成為一個「異己」。他玩，他樂，他工作，他讀書，但他依舊很孤獨。他沒有朋友。

我們再次舉起杯，喝乾杯中的酒。一向少言寡語的我，滔滔不絕地訴說起來，訴說我美麗的媽媽，訴說我寂靜的童年時光，訴說我對天主的認識，對天國的想往，對教義教理的理解，訴說我的夢想與夢境。當我們重新斟滿酒杯時，我發現有一組故事我深深地藏在記憶中，沒有去觸碰它。你想得到，那便是A、A的父親和十六歲那年聖誕夜的景象。

我們開始大笑，大叫，放開留聲機，隨著歌曲又跳又唱。「午夜的街上盛開著一朵玫瑰，玫瑰的芬芳令我慚愧。薄情的男子漂泊異鄉，多情的女子獨守著她的閨房……」我們大叫，大笑，大哭，大鬧，我們把吧檯上的每一種酒都嘗了一遍。這是我們兩個人的夜晚，自由的夜晚，放鬆的放蕩的放任的夜晚。我們互相嘲戲，互相糾葛，互相安慰。我們都醉了，我們的意志又格外清楚。直至夜深人靜，直至肉體爛醉如泥，我們才相互攙扶著，鎖好我們美麗的嵯峨野。

W坐在汽車裡等在外邊。她一定等了許久許久，見到我們出來，情不自禁地奔過來同我們寒暄。我冷冷地衝她微笑一下，搖搖晃晃地跨上腳踏車駛向寂靜無人的街心。汽車啟動和漸行漸遠的聲音，顯得沉悶、壓抑而落拓，還有幾分醉醺醺的快意。

回到家中，已是子夜時分。復活節就這樣過去了。我很疲倦，脫衣躺下卻久久不能入眠。關閉的眼簾把夜色擱在體外，將往事一鏡一鏡映現在體內，其間不時插入想像鏡頭和幻覺場面。一一放映過去的，是一些沒有首尾、情節不連貫、未經剪輯的「膠片」，有的很清晰，有的顆粒很粗，有的金屬銀大片大片脫落。我沒有腦力將它們組接成一部完整的默片，任它們攪在一起亂了一陣，就突然跌入昏睡之中了。

驚醒時，晨月照在床頭。呆愣愣地擁被坐起，搖搖隱痛著的頭，想把夢影析出，可是它們彷彿已膠黏在一起，泡在腦漿中，弄得頭中很稠很脹。

披衣下床，站到窗口。月亮已缺了一大塊，似被貪吃的孩子掰下去分吃掉的，內邊口毛虛虛的。夜空無雲，星星稀稀落落地閃爍著。可能我睡下沒多久就醒了過來。我感到內褲中透著涼氣，用手一摸才知道是夢遺。我不想對自己承認：這同遇見B有關係。我不敢回憶的一個夢，就是他像一條鰻鱺，游進了我的身體。那個夢，誕生在我「蹲監牢」期間。牢門能禁持住意識，卻無法控制本能，也許還包括與本能脣齒相依的情感。

地球在向東旋轉。月輪在向西移行。用肉眼就可以看到它移行的動作，這對我還是一次全新的經驗。我就此感驗到幻滅、死亡和永恆。寒慄透遍全身，毛細孔猛然縮緊。莫名的恐懼在剎那使熱血凝結，骨酥筋麻。這種體驗曾無數次地光臨我的生命，我命名它為「死神路經此地」。真的，你一定也有過同樣的體會，彷彿死神邁著細碎的小步從你裸露的筋骨血脈上疾行而過，而且是赤著雙腳沒穿神鞋神襪。

「死神路經此地」之後，虛空感綿綿不絕。我不顧夜涼，打開窗，對殘月長嘆了一口氣，讓「靈魂出殼」，達到月海中，但願靈魂歸回時，帶來鑑別我生命訊息的某種法寶。

他的面容和身軀被病魔吸吮，煎熬得日益乾瘦。反常的是，他的額頭依舊飽滿光潔，目光宛若處子，沒有一絲陰翳，講話時口齒清楚，悅耳的語音中混合著童稚而金屬的音色。我雖為醫生，但無力解釋這種衰老、病痛與永恆的少年之光同現的現象。我更不清楚，這種反常現象的根源是因染色體的反常軌，還是他的人生方式始終處於「邊界」。

在臨終關懷院中，他是唯一一位自己騎著腳踏車來住院的人。在我負責的病區中，也只有他一人沒有親友探視過。有人向我問起「腳踏車患者」的情況，我總會一時語塞。當他的同性戀情結停留在日趨荒蕪的生命中不能與他人構成關係時，他還有什麼與眾不同之處呢？

一個星期過去後，我已經不把他看作「不正常」的人。甚至，我已開始覺得他的精神生命比有些所謂正常人還要健康得多衛生得多。他不再像他開始講述時那麼語調荒涼。娓娓動人和抒情情調，始終與孤單寂寞和自我省察相伴隨，共同架構他的世生建築。不過，這個「診斷」也許還下得太早。

無論如何，他越來越吸引我，越來越透澈又越來越像座迷宮。我明明白白地看見他躺在床上，剛剛用過藥，正在睡眠，可是卻總是以為他在另一個地方，過著與他講的故實接近卻又截然不同的生活。

我對自己的疑竇也與日俱增。我已過了十年風平浪靜、按部就班的生活。父母健在，夫妻和睦，獨生兒子小貓聰明健康，事業穩步上升。可是，我何時像他那樣關心靈魂、內心和情感呢？我比他年輕得多，在年齡上，我是他的晚輩。然而，好像我比他更老，他比我年輕。

我把這種感覺說給妻子，她說了句：「那是因為沒人愛他。」她還打趣我，「慫恿」我離家出走，找一個同性同居，找回失落在她懷中的青春。我苦笑了，對著她和我的家。

經過復活節之夜的精神動盪，我對自己的身體和感情進行了一次次榮格式的精神分析。分析開始之前，我必須排除由人群約定俗成的道德觀念，打破對自身的肉慾禁忌和對非倫常行為的避諱。我把自己假想為一匹老虎，或者是從未謀面的父親，或者是A，或者是W，或者是媽媽。我逃了一週的課，每天在家中演練各種「角色」，並對每一次演練過程和結果加以記錄。

擬春情期之老虎。性別未明。四肢俯伏於地，爬行繞室三周嗥哮數聲。山深不聞聲。久之，回音浩蕩。聲乍息，狂風席捲，樹彎折，石碎裂，一同類躍然目前：目如炬，頭似錘，斑額，巨體，陽物勃勃，脫穎而出，躍躍欲試。

結論：雌性臆想。

擬少年A。處男。體壯身強。風儀。有美女名寶瓶，百般誘引。夜珊闌，月如弓，女潛入衾，頓萎靡，終不能振。

結語：非功能性心理陽萎。

擬W。女，非處子。體圓潤，素寂寞守空閨。擬公子B某，性風流，面如月。偶相遇，邀至深閨。茶未畢，已入帳。大暢。

結論：好男色之心如飴。

擬杯水。無性別。船載以入江。大江東去，逝水悠悠。近海口，江共船齊瀉於海，頃刻已沒。但見水天茫茫，唯杯水浮於海上。

結語：懼與異性性交，寧自持。

擬生父。成年男。魄大體健，素性暴烈。腰以野牛生皮，狩獵為生，棲於非洲森林，夜與狼群共舞。不思歸家，遠離人間。

結論：家庭恐怖症。幽閉症攜帶者。

擬桃樹。無性別。冬蕭索，夏蔚然。趨炎附熱，畏冷懼寒。飲扶桑之精髓，吸地母之濃乳，報之以春華夏實。唯冬日無所奉侍，慚愧泣於風中。

結語：好陽氣，喜生育。

作了一系列近乎催眠法的精神分析後，我對診斷並不完全信服。我想請B來幫我「釋夢」，但又畏懼洩露隱私。

嵯峨野的夜晚，從暮春開始，憑添了幾許羅曼史：少老闆新置了一架三角鋼琴，還請了一位鋼琴師。到玫瑰湖去的遊人與日俱增。談愛談得疲倦的情人就走進嵯峨野，喝上一杯加冰塊的酒，以滋補愛情。B幾次約我去玫瑰湖小坐，都被我婉拒了。其實我很想與他同坐到湖畔，去看那些月下花蕾。

上歐洲中世紀史課時，我認真看了看坐在右側的V。她是那種很嫵媚的少女，小我兩歲，父親是大學教授，母親是小提琴家，兩人都有過旅歐的經歷。從入學至今，V對我始終很友好。這學期起，她似乎對我有了特殊的興趣，每次上課都坐到我身邊，還偷偷塞給我高價位的巧克力。上週三，她約我去她家過生日，我因有夜工沒有去。第二天她一整天沒同我說話。我很理智地在忖度，她是我遇到過的最好的異性，身上有諸多優點，譬如溫柔、嫻雅、頭腦聰明、心地善良、容顏嬌美。對啦，她還有些清高。譬如對待那個追求她許久的官宦子弟C一直冷若冰霜。

我看她的目光令自己吃驚：這是前所未有的功利的、甚或急功近利的目光。我看她，在估量她會如何作為讀物，供我實習著去面對一個異性。收回目光，心情沮喪起來。坐在A的身後，站在B的面前，我不由自主呼吸紊亂，心跳加速。那無須經過學習，無師自通。現在，我為完成對自己的研究，打著精確的主意，預謀著去「愛」一位被同窗公認作最出色的異性。她因為出色，毫無防備地成了狩獵的對象，而且被獵獲後又未必端上餐桌當作佳餚。更奇特的是，獵人從未見過獵槍，閉上兩隻眼睛瞄準，尚未開槍已在深深自責。

下課鈴響後，她將一塊巧克力掰開，一大半給我，一小半自己拈在手中，用小老鼠般的牙齒一點一點地咬。我也學著她的樣子咬，逗得她直發笑。她問我想不想看「家庭電影」。我點點頭。她約我晚上八點準時到她家找她，「不許失約」。

晚八時，我準時叩敲V家的院門。V換了一條十分耀眼的彩色綢裙，雪白的套頭細紡毛衣，一向紮起的頭髮披瀉到肩上，顯得秀色可餐。她的父親頭髮幾近全白，看上去至少比她母親年長二十歲。她的母親儀態高貴，一副藝術女性的派頭。他們對我十分熱情。憑直覺，我感到憐寡恤孤的同情心與對女兒的看重，是他們熱情的動力，至於對我本人，他們並不太感興趣。

就在客廳裡，老教授用八釐米的家庭放映機為我們放映了一部名為《安伯森家族》的美國片，由他自任翻譯。V坐在我的身旁，對任何一個鏡頭都報以微笑。我裝作很投入地在看，實際上一直在躲避她媽媽那犀利的目光。我怕她一眼看透，我根本就不可能「愛」她女兒。

膠片孔接連不斷被齒輪打入的響聲終止了。我很禮貌地為那部被教授稱為「反好萊塢」的電影和「大師作者」輕輕擊掌。我對「好萊塢電影」這一概念本身並不清楚，「反好萊塢」就更談不上了。我不想偽裝博學多聞，只是不想掃他們的興。

吃點心的時候，客廳裡已變得燈火明亮。她的家並不奢華，一切都井然有序。客廳面積不大，只有兩張長沙發和一對單人沙發，還有兩個書架，上面擺滿了中西文書籍。看得出，他們過著一種講究實際的生活。他們談起在海外的歲月，神情很懷舊。教授問我學哪一種外語，我回答說沒有學，他馬上皺起眉頭。V馬上解釋說，歷史系外語課是選修，可選可不選。她的父親不滿地搖著頭，母親倒解圍似地為每人斟上了咖啡。

V送我出門時，嬌羞地衝我揮著手，很有些依依不捨的樣子。

騎上腳踏車，緊張的情緒才驟然間緩解下來。從未有過的疲倦和煩躁馬上隨之而來。我開始意識到，自己正在從事一項蹩腳的遊戲，而且可能傷及遊戲夥伴。

咖啡的力量，使我一夜輾轉於床上，大腦活躍異常，卻什麼事情都想不清楚。我從未如此強烈地感到苦惱，感到煩躁，感到鬱結。

一塊石頭從山頂向下滾，誰能阻擋它呢？蹩腳的遊戲一旦開場，就會持續不斷地玩下去，直到出現終場的尷尬場面：遊戲的規律規則歷來如此。

失眠也好，反躬自省也罷，衝不破我準時去赴V的約會。嵯峨野的夜工，兩月內已曠了三次。讓B一人當壚，讓他忙得團團轉如陀螺，也算是對他擅自出現在我生命中的小小懲罰。

同V單獨在一起的次數越多，我陷得越深。不是陷於戀情，而是陷於看似戀情的親密關係。在同學間，對我們的議論和謠傳一時蜂起。她的愛慕者們，一時間全成了我的敵人，用不屑、輕蔑、嫉妒和嘲弄的目光待我者，還屬善輩，惡劣者則對我當眾施以羞辱。

一天下午，剛剛上完思想史課，C就從後排座位走到我和V的面前，恭恭敬敬地捧著一個包裝精美的大盒子。他帥帥地向我鞠了個躬，把盒子放到我的桌面上，含情脈脈地望著我，說：「請打開，親愛的葉紅車，是我送給你的。」他看也沒看V，但我知道他的焦點是對著她的。

小教室裡的同學正準備散去，一見這種場面，便放慢了動作：平時大家畢竟保守相處，你恭我敬，難得有場動作鮮明、道具華美的好戲看。我從未應付過這種局面，大腦一片空白，坐在座位上不知所措。C故意用甜膩膩的噪音說：「打開嘛，親愛的，一個摯誠的愛情在這裡等待你。」我下意識地把手伸向盒子，拆開包裝的彩印蠟光紙，打開紙盒，只見其中裝著一個包裝得更加精美的套盒。拆到第三層套盒時，盒中出現了一塊絲光閃閃的寶石藍色圍巾。漸漸圍上來的人幾乎同時吐出了一聲似真似假的驚嘆。C雙手從盒中拎出絲圍巾，輕輕抖開，圍到我的頭上，說了句：「真美，我的小娘子，我們去教堂吧！」

說著，他在我的脣上響亮地吻了一下，然後揚長而去。同學們頓時發出歡呼。歡呼之後，一個聲音說：「C的小夫人，看誰還敢碰！」

這一切發生得那麼快，猝不及防，我被驚呆了。V氣憤地抱起書，踢開桌子，頭也不回地走出教室。其他人也嬉笑著，絡繹離去。

我戴著一塊藍瑩瑩的女用圍巾，坐在被西斜的夏陽染黃的座位上，淚水奪眶而出。

嵯峨野打烊後，我想請B陪我到玫瑰湖走走，他回絕了，沒有說任何理由。夏天來臨之後，他對我變得冷淡了許多。

沒有按近來的慣例回宿舍，而是回到家中。夏夜的幽暗浸滿房間。夜風習習。下午的場面一次次於目前重現。熱血陣陣奔湧，衝擊著太陽穴。我當時為什麼沒有跳起來，像個二十三歲的男人那樣給他端正而充滿邪惡的臉一記鐵拳？我把自己幻想成一個火氣暴烈、拳腳靈活、膽大氣盛的英雄，把真實發生過的場面不斷改寫成新的景觀：C被打得鼻青臉腫，抱頭求饒；C自己戴上絲巾，作女優狀；C被我的暴怒嚇得頓時精神分裂，跳踉如鹿；C哭著向V陪罪，向全體在場者為我正男人之名；C……

在事實上，我扮演「被侮辱與被損害的」。在幻想中，我扮演帝王、英雄好漢、力大無窮所向無敵的勇士。在物理時空中我懦弱或者說遲鈍，沒有反抗，只有忍受。在幻想時空中，我反應敏銳，反抗激烈，並且讓對方付出了巨大的代價。然而，幻象並不能彌平心中湧流不息的恥辱感。咬牙切齒，它卻依舊滯結在胸。

打開燈，一些小小的夏蟲飛撲向燈盞，不顧一切、焦急難耐地要鑽進光明之中去，光明卻不給牠們更進一步的機會。

我以對自己強大的不滿情緒，抖開被團皺的絲巾，對著鏡子圍在頭上。鏡中的我讓我瞠目結舌。鏡中人骨骼纖細，肌膚光滑白嫩，眉清目秀，脣紅齒白，額頭隆起，儼然一位憂鬱而俏麗的弱女子。我不相信一條圍巾能把人的性別特徵改變到此等地步。倘或撕碎圍巾、砸爛鏡子，我就會成為堂堂男子漢？

據說登山可以使人長出喉結，吃大力丸可以使人骨骼健壯，風吹雨淋日晒可以使人皮膚變黑變粗，注射雄性荷爾蒙激素可以長出鬍鬚，妓女可以教會一個男孩兒如何成為男人：我調動自己全部性學知識，為自己列了一份身體改造計畫書，並且連夜開始實行。

我把圍巾摺好，放到全室最醒目的竹質書架上。我要讓它作為臥薪嚐膽、重整山河的見證和動因。我不要弱女子的形象。我無路可走，必須開闢一條通向男子漢的荊棘之路。有一天，我要再度圍上它，大搖大擺地走進教室，但沒有一個人會覺得它與我很相配，不會有一個人敢笑，敢戲我為女子，敢吻我「粗獷」的嘴脣。

我穿上運動膠鞋，鎖好門，乘月城的燈火奔向位於城東郊的魔王山。一路上，我的血在沸騰，對未來，渾身充滿了力量。我一步一步認真地奔跑，並且確切地感到每一步都在使筋骨堅硬一分。

魔王山的夜影正在眼前。都市的夜光漸漸遠離我汗溼的脊背。到達山麓時，我已精疲力盡。望著幢幢樹影，空山令我忐忑不安起來。每一棵樹的陰影中都似乎躲藏著食人獸、逃犯、瘋子、江洋大盜或者鬼怪。根根汗毛都警覺地豎起，全身不寒而慄。在家中想好的男人的遠大前程彷彿就在這座山上。但連這座山都不敢爬，或者爬不上去，還談什麼「改造」！

我咬咬牙，跺跺腳，試一下四體是不是還在原位。然後，我拍拍胸膛，學著崑曲舞臺上綠林好漢上刀山下火海在所不辭的動作，拍拍胸膛。窄小的胸膛在孱弱的手掌下發出空悶的響聲，根本不是那種氣勢宏大、鋼筋鐵骨的鳴響。我對自己不失望：畢竟是改造計畫開始執行的第一夜，不能過於苛刻。

我英勇地向山上攀去。起初屏住呼吸，怕驚動陰影中的危險，引火焚身。攀到半山腰，我擔心呼出的熱氣和汗水的溼氣會吹入魑魅的鼻孔，便大叫數聲以嚇跑它們。星夜空山，我的叫聲立即被黑魆魆的樹叢吞沒掉，根本沒有引起反響。忐忑已升級為恐懼。我竭盡全力向山頂攀去，猶如身後追著一匹吃人魔王。

在山巔上，我揮舞著溼漉漉的棉質短袖衫，向遠處的斑斑燈火歡呼。赤裸著上體，雖然瘦弱，但是絕對驕傲：在古老的月城女孩子是絕對不能裸著上體到戶外活動的，更談不上跑到山頂上來向全世界示威。用不了多久，居住著像C那樣的人的城市就會向一個王子般的人物低眉垂目。那個大衛式王子，就是我。

上午，我身邊的座位空著：V獨自坐到最後一排去了。後兩節沒課，我便到學校附近的一家私人診所去申請注射雄性荷爾蒙。對於V的冷落，我幾乎無動於衷。我知道，她不會輕易放棄我。我若錘煉成一個真正的男子漢，我會去愛她，不是設計的，而是本能的，全身全心的。眼下，她和我都需要時間，都要耐心等待。

私人診所的老醫生曾在租界為一位法國公使任私人醫生，精通西典西藥。他為我做了全面細緻的內分泌系統的檢查，詢問了一大串令人難堪的問題。最後，他同意為我注射小劑量的藥物，可是對結果並不持樂觀態度。他認為我的身體雖不強健，但無任何器質性的缺陷，內分泌系統完全正常，絕對不會影響娶妻生子。對於我想改變外貌，長出喉結和髭鬚，他表示同情和理解，卻並不贊成。如果不是我一再請求，他連小劑量的藥品都不會使用。給一個完全健康的人注射藥物，令他十分不快。他說：一個人長相似男似女無關緊要，只要知道自己是男是女就好。

他的話觸動了我。你是否從很小的時候就一直把自己當成女孩子看呢？是否從女性化的心理習慣中獲得過快慰，直至波及至生理？A的父親壓倒你時你為何不反抗？C送你絲巾你為什麼要帶回家中？為什麼懼怕與B的身體接觸？為什麼從未因夢中出現異性而夢遺？看來，「改造」不會似預想的那麼順利和簡捷。有可能一切艱辛努力都屬徒勞：不是功虧一簣，而是原本不存在成功的可能性。

午餐我破戒：在週五吃了大塊大塊的肉。成敗尚未見分曉，不能放棄努力，多吃肉多長肉。那些皮糙肉厚、令人羡慕的壯漢，一定不像我這樣偏愛素食。

黃昏，我提前半少時到嵯峨野換下前任領班。趁客人稀少，我不時地在器皿上照出下頦，查看是否有茸毛變成鬍渣。B接班後，發覺我故意粗聲大嗓地講話，先是感到新奇，後來察覺出我的動機，便暗暗發笑。我嚴肅地請他不要笑：他一笑我就心虛，容易前功盡棄。

我堅持著每天跑步、爬山、洗冷水浴、看俠客傳奇，每次「主日崇拜」都去教堂，祈禱天主保佑我「成為男人」的設計變成事實。

真是心誠則靈，暑休之前，我的下頦尖上果真長出了一根細細的鬍子，只有一根，第一根，多麼令人欣慰。若不是怕看見老醫生那張不快活的臉，我一定會跑到診所去向他報告喜訊。

下頦上的鬍子漸漸長成了幾根。與此同時，夢遺的次數也陡然增加：導致夢遺的影像越來越荒唐無稽：甚至包括C。身體非但沒有強壯起來，反而更加蒼白消瘦，喉結一點未見發育。心神恍惚之中，期末考試的成績公布出來，我有三門功課得了三分，只有一門是五分。夜晚，再沒有力氣去爬魔王山：前一段日益顯矮顯小的山體，近日來日漸顯高顯大，簡直不可超越。老醫生見我的樣子，連最後一次針劑也沒給我注射，退了款，將我趕出了診所。我並未認輸。我還有最後一張王牌。

炎熱駐紮進都市的上空與地面，讓人行止難安。B用從酒吧掙來的錢，買船漂向海濱避暑去了。這一次，他是隻身前往，花自己的錢，坐三等艙，住小旅店。他稱這次旅行為「自由的開端」。W對此作何反應，我不得而知。也許是以淚洗面罷。世界彷彿到處充斥著癡男怨女，連我自己都有些被癡怨感染了。

暑休期間，我由全週七日工作，改為週日休息，為的是可以常去教堂。

B一走，日子頓時荒涼失色起來。預期的輕鬆、自由、靜心修煉，根本沒有蒞臨。思念和回想與他共度的時光，占據了心房的大部分空間。工作時常常會把自己印在製酒器上的身影誤當作他。在大街上，總是向駛過的臥車中探看，期盼意外地看到他的笑顏出現在車窗邊。睡前，我祈求上主不要讓他入夢，內心的真實願望卻是他能託夢給我。上主聽出了我的謊言，一次都沒放他進入夢的門廊。

V已與我言歸於好。她為自己「臨危恐懼」的過失而向我致歉。放假前，我請她去「三角森林」喝過一次咖啡。我無法解釋為何帶她去那裡。我很清楚那裡的咖啡，於我將永遠飄溢著A父的味道。她喝著咖啡說：「真不想放假，真不想同父母親去北方避暑。一個半月，會像一生一般漫長而無聊。」我明白她的意思，很感動，分別時緊緊握了握她的手。可一放假，我就把她忘得一乾二淨。接到她發來的明信片，我甚至想不起她具體的長相。倒是在夢裡我見到了一個似她非她的女性。夢的梗概是這樣的：人物輻輳的街上，一切都在飄行著，我腳不沾地地在走。她突然攔腰抱住我，想吻我。我躲來避去。她吻我不成，就脫光身體要求與我做愛。不知怎麼我好像也沒穿衣服，嚇得大喊：「媽媽，她在引誘我，快救我！」這一喊，我才知道是南柯一夢。

我不想分析這夢。B臨行時供給我兩本佛洛伊德的書，全是二〇年代的譯本。我看了一些，不敢繼續把它們讀完。我擔心在我的努力還沒有最後結果之前，讀它們會或多或少地阻礙進程。在書頁上，目光一掃過「幼年性慾之滯留」、「絕對性倒錯和相對性倒錯」等字樣，我就心旌悸動。直覺告訴我，我一定是「絕對」之流。在劫之數，尚未揭曉前或可逃脫？

在我的兩側，一側是B，一側是V。他們既是具象的，又是抽象的，既是象徵物，又是實體。自古以來不知何人為人類劃分的兩大陣營、兩大派別、兩大集團，在他們身上得以體現。我徘徊於兩峰之間。我懷疑上帝同某些人開了個玩笑，讓他們生在山谷間，對自己的本性本能無法一目了然，我就是其中的一名成員。比起常人，我們必須逾越生理的表像，然後才能向叔本華說的「意志」、佛洛伊德所說的「本我」探視。

想念B，自然而然，毋須任何意識的幫襯。想起V，要調用記憶的能力。B一缺席，光明便被帶走。V一消失，就像真正的消失一樣。這最後一張王牌怎麼出才能贏呢？

「親愛的媽媽，現在，兒子又坐到您的面前給您寫信。這是地球上很熱很熱的一個夜晚，可能您在我的字裡行間都能聽到蟬鳴。天上有很多星在閃亮，我知道其中有您。您看到我在同自己進行一場鏖戰麼？我還不知道哪一天我會獲勝，一點把握都沒有。人世間的事愈來愈捉摸不定了。也許我把握不好我自己。媽媽，給我加油啊！」信寫得很短，沒有裝進信封，而是折成一只紙飛機，似兒時玩的那樣。打開作為與天國通郵的那只抽屜郵筒，離開五步遠，我將「飛機」發射上天。它降落時如果恰好落入「郵筒」，就說明媽媽很快就能讀到它，如果未進「郵筒」，可能就得我的內戰勝負見分曉媽媽才能讀到它：紙飛機放發後，很優雅地在空氣中滑翔一段，然後作夢般地跌入「郵筒」。我鼓著掌，雀躍起來。媽媽會給我加油，即使我的王牌出錯，媽媽也會代我向聖子耶穌懺悔和求情。

星期天的晚上，我揣上相當大數目的錢款，洗了個冷水浴，在已增長為二十多根的微鬚上塗上了一點墨汁，使其不致被混同茸毛。趁著鬚溼，我將它梳成能使人顯得老成的「背」式。打扮得光光鮮鮮，邁著方步，我走向地下「紅燈區」。

先前將那類地方想像成十分骯髒、昏暗、可怕的地段，進入時發覺比想像中要乾淨要安全得多，便也輕鬆起來。我裝出老嫖客的派頭，對迎上前來的賣主橫眉審視。在一塊上書「大快活」的燈箱牌旁，我挑中一位秀色玲瓏、爽爽潔潔的女子。她的年齡與我相仿，看得出她已十分嫻熟於煙花營生。

我被她帶入她的房間。昏紅的光線下，可以看到牆上貼滿各種春宮畫，其中還有一些是舶來品。她見我的樣子便知是初出茅蘆，還在潔身自愛的時期。她善解人意地當著我的面洗淨身體，然後替我解開襯衣鈕扣，解開腰帶，脫下褲子……時間和生命在同一時刻止息了。稍微恢復一點知覺，我感到自己和對方都已變成了膠皮人兒。一對肉色膠皮人摹仿著人類的行為。我已知道，在帶陽具的橡皮人身上，這種活動不會造成任何「切入」關係和激情物質。

繫好褲子，我反而十分坦然。我掏出錢問她要多少。她一把全部擄去，說了句：「你不是男人，要你多少都不算多，一文不給也不算少。」說完，她很可愛地笑了笑，將我送出門去。在門外，她又好心地補了一句：「小弟弟，別再來啦，沒有用的，白白花了鈔票！」

飛一般地蹬車回家，一頭扎進窄小的衛生間裡，燈也不點，衣服也不脫，就打開水龍頭，任水流從頭到腳沖洗下來。一動不動，過了許久，我才慢慢脫掉鞋子、襯衣、褲子、內褲。它們都已溼透，被拋在門外的幽光中。

關掉冷水，我撫摸自己的胸膛。在黑暗中，在自己的雙手下，它漸漸由透明橡膠復原為筋脈血肉。

昏睡一夜，溽熱已把早晨浸泡得混混沌沌。大腦處於半昏迷狀態，彷彿石灰水取代了血液在體內循環。搖晃搖晃頭腦，掐一掐額頭、脖子和手臂，直至發紫：生命中還是沒有透出一縷清朗的光線。

晨浴時，發現昨夜脫下的溼衣服、溼皮鞋扔在地上：皮鞋是新買的，嶄新的漆皮還在閃著動人的光澤，它的內部已被溫吞吞的濁水泡脹，像兩條被攔腰折斷的大頭魚。我把衣服洗了又洗，連同皮鞋一齊晒到窗外很小的平臺上。

慌慌張張、懵懵懂懂地趕到嵯峨野，已經遲到了半個小時。少老闆正在親自當壚，向上週預約的兩對客人連連道歉。他見到我，冷冷地，沒有責怪，也沒有寬容的微笑。

到了黃昏，一群怪模怪樣的男人耀武揚威地走進酒洞。他們在盛夏仍穿著長筒皮靴，有人紮頭巾，有人穿閃閃發光的西裝外套，也有人打赤膊。他們一共七人，每人占據一張桌子，大叫著要酒。其他客人見狀，都紛紛離座，結帳離去。一對遲於他們入門的情侶，一見如此場面，道了一聲歉就離去了。看來，他們在此，這個晚上的收入就沒指望了。

另兩位侍應生對視了一下，無奈地走過去笑臉相待。在酒廊內，一向由我和B在士吧檯當值，另外兩位負責廳內座席。

一個光頭、黧黑面孔、鼻若懸膽的人要求我的同事報上酒名，以供他們選擇。兩位侍應生忙遞上酒單，那人將酒單推到一旁，一定要他們用口來報出。他的理由是這裡竟然不設女招待，很顯然是不歡迎他們這樣有身分的人來。

我們都沒有訓練過口報酒名。兩位同事一時被難在那裡，面紅耳赤。少老闆見狀，忙從內室出來解圍。他向「貴賓」解釋，在任何國家，尤其是在飲酒文化發達的歐洲諸國，讀酒單都是一種紳士風度的表現。如果侍者一一報出酒名，就會影響其他客人的安靜。少老闆還說，今晚諸位的酒由他來請，江湖上大家交個朋友。

光頭一聽，頓時火起，指著少老闆的鼻子將他臭罵起來。罵過之後，仍然堅持報酒名，否則就把酒吧砸爛。說著，他便將桌上的備用品一概掃到地上，把燈盞也打了個粉粉碎。

這時我走出吧檯，鼓起勇氣說：「對不起諸位，酒名兒歸我來報。我們老闆是與諸位開個玩笑，作個懸念，將你們要的節目安排在後邊，以助諸位先生酒興。」話一出口，我立即放棄了膽怯。少老闆和兩位同事都吃驚地望著我身陷「狼群」。

我的出現改變了場上的氣氛。一個梳著一半長髮一半短髮的漂亮小夥子突然指著我大笑起來。另外六雙眼睛也不懷好意地由憤怒轉為嘲戲。「半長半短」站起身，湊過來用右手端起我的下巴，向我臉上噴吐了一口香菸煙霧，調戲道：「喂，你他媽是雌的還是雄的？準是你們老闆的祕密武器，來，讓我先試試。」他一把摟住我的腰，作了個狂野的貼身動作，震得我渾身一陣疼痛。這時，光頭喝道：「媽的，滾開，老子還沒喝上酒吶，讓他先報酒名上來。」我被鬆開，站到光頭的桌前，流水般將三百一十七種酒名報了出來。報完後，我自己都吃了一驚。我已在這裡工作兩年有半，對所有的酒都瞭若指掌。況且我是學歷史的，對年代、人物生卒年、歷史事件的起止時間都要靠記憶來掌握。不知不覺，我早已依壁架上酒種的次序將它們熟記於心了。我報完時，「半長半短」禁不住為我鼓起掌來。光頭見到幾位兄弟笑顏逐開的樣子，沒有再為難我，點了幾種價格最便宜的酒。端酒調酒的活兒，自然也由我一人承擔。當我為「半長半短」送酒時，他抓了我臂部一把，浪笑著問：「你是男的？怎麼可能呢！」我任他撫摸，羞澀地笑了一笑。那一刻，我覺得自己是一間特殊營業酒吧中的吧女。

他們走時，光頭和「半長半短」搶著付了酒帳。少老闆不肯收。我沒理會他，收下了錢：我報了三百一十七個酒名，又被人摸了屁股，酒帳就不能不收了。

一場風波平息後，我們都鬆了一口氣。我渾濁的人腦也突然清醒起來。一道十分清爽的、沒有任何人和物的天空飄過腦海。隨後顯現的是很遙遠的一個童年遊戲：我同一隻小狗玩「抓瞎」，牠扮瞎子，眼上蒙著我的手絹。再隨後，是昨夜昏紅燈光下的景象不斷被重複剪輯，層層迭迭地擠過腦海。隱隱約約，我感到剛才的「勇敢」同昨夜的經歷有某種聯繫。

V從北方涼爽的船城寄來一封信，寫得很長。她用充滿離情別意的筆調為我描繪她住的房子周圍的森林、山巒、河水，也有些段落直抒繾綣柔情。她的文字愈是熱烈，我的情緒愈是低沉。她是個很好的女孩子，該選擇另外的異性來開展近於愛情的友誼，哪怕是C。在我身上，還需要最後一番周折才能證明是否存在適於她的身體條件。倘若不存在，她今日付出的全部情感，就顯得十分荒誕了。

她的信使我陷入苦惱，同時也加劇了自己向自己發動的戰爭。我再次圍上C送的那條絲巾，在鏡子前站了一個小時卻仍未能發現那張秀氣的面孔透出任何好漢氣概。於是，我在天沒亮時就起床，又去攀登魔王山。山是天天都爬，天天爬到山頂，可是頦下的鬍鬚卻愈來愈淡，還脫落了幾莖。為了不前功盡棄，我託少老闆找了一家德國人開的醫院。沒想到，德國醫生替我檢查完身體後，認為一切正常，不長鬍子是因為我天生「弱毛」，年紀大一些會有所生長。他拒絕為我使用任何藥品，還警告我亂用激素會導致很多意想不到的疾患。

我開始討厭自己的肌膚細膩，討厭自己的「小白臉兒」，討厭自己不男不女的嗓音，討厭自己纖弱的骨骼。我打自己，用指甲抓破臉上和臀上的皮肉，故意打扮成不修邊幅的樣子，還去理髮店理了個「寸頭」——若不是有工作，我也會刮一個大光頭。弄來弄去，鏡中的我成了個剛剛還俗不久的「小尼姑」。看上去，「她」臉上結的血痂，像是從尼姑庵裡逃出時被惡鳥抓傷的殘痕。

當我帶著這副形象走進全城最有名的豆皮店接受少老闆的宴請時，他大吃一驚。他以為我遇到了什麼意外暴力攻擊。自從上次我勇敢出面報出酒名「挽救」了酒廊，他對我關懷有加。那一天，他看到我一副「街頭流浪兒」的樣子，好像很是心疼。當然，我對自己的遭遇和打算，絕對緘默不言：我不能把上司當成朋友，無論他對我多麼好。

我給V寫了一封回信。信是這樣寫的：「V同學，大箚己悉，思前想後，終覺有必要坦蕩心懷，向妳呈露我之本相。我們現在還是朋友，儘管在女性中妳最討我喜歡。在這個界限內，我想告訴妳：我無法肯定在本能上我能不能人更進一步接近妳：不是我不願意，而是『能』與『不能』。妳的聰明會幫助妳理解我的話。願妳開心。亦請向令尊令堂人人問安。」

信發出沒幾天，V突然出現在天主堂外的石階上。那是一個禮拜日的上午，我剛剛望過彌撒從教堂出來。她熱情洋溢地迎上來，告訴我，她已提前結束避暑日程，隻身回到了家裡。從她被陽光晒黑的臉上，我讀到了更加令我不安的內容。

坐在計程車裡，我想起A的父親：他也是在教堂門前等過我。V提議去「三角森林」，她說那裡給她留下了美好的記憶。我很堅決地拒絕了。最後，我同意去她的家裡共同燒一頓午餐。

下午一時，一桌中西合璧式的菜餚製作完畢：中式菜多為我的作品，她做的沙拉看上去很誘人。她打開她父親的酒櫃，任我挑選。我隨手選了一瓶蘇格蘭威士忌。

一杯酒喝下後，我們又喝了兩杯。我想藉酒的力量同她暢暢快快地談一次，要麼讓她也讓我絕了念頭，把出了一半的王牌收回去；要麼迅速發展關係，將王牌甩出，成敗聽天由命。可是，談話還沒有進入實質性階段，我已眼皮乾澀，頭臉發燒發漲，支撐不住了。V把我扶進一間臥室。我倒在床上就軟若膠泥地昏睡過去。

醒來時，四周一片黑暗。我盡力讓昏沉沉的大腦裂開一道縫隙。我漸漸意識到這不是在自己家中。伸手一摸，一個軟綿綿的東西就在我的身邊。我不明白那是什麼東西，繼續摸下去，漸漸感到那是一個人，是誰呢？那人已湊到我的懷中，摟著我，之後就把我的手放到一大片更軟的東西上。我的衣服被慢慢解開，不知是誰解的。我似夢似真地被一種力量托到那軟綿綿的人的身上。突然我發現對方是個女性，在以前的夢裡曾出現過。我脫口便喊道：「媽媽，她在誘姦我，快救我！」這一喊，使我完全清醒過來。我意識到在我體下的是V。她正興奮地喘息著，輕輕撫摸著我。頓時，我感到渾身的神經末梢在同一時刻失去了觸覺，完全麻木了。對方用各種方式想使我恢復「男性狀態」。不知過了多久，她不得不承認失敗，哭泣起來。

我穿好衣服，隨手拉過一些織物為她蓋上，坐到她的身邊。我想打開燈，她用更大的哭聲阻止我。我懷著十分真誠的愧疚向她道歉，我請她原諒：我對自己也無能為力。她聽到我致歉的理由，便一把拉開床頭燈，衝著我喊道：「說謊！是你不想，你不愛我，你在玩弄我！騙子，給我滾！」她當時的樣子，我現在還記得一清二楚。她裸著上體，披散著頭髮，滿面淚痕，在幽冥似的燈光下既可憐又可怕。她已不再是一個少女的形象，在我的記憶中永遠也不是了。

我走到街上，渾身打著冷顫。仲夏的子夜，依然悶熱，可那個夜半我卻感到冷，從心臟從骨髓向外散發的冷。彳亍街邊，慚愧、窘迫、自恥的同時，也恍惚覺得在這個世界的某個角落，自己被人剝光，打了個體無完膚。

我抱住路旁的一棵樹幹對它說：你幫我打出了這張難出的「王牌」，既減輕了我的罪責，同時也加深了我的罪過。我對媽媽說：我犯下了不可饒恕的罪愆，這一切都是預謀，都是按我的預謀一步步進行的：我為了自己的陷阱，把另一個人也拉了進來。我用頭叩擊樹幹，直到黏乎乎的血沿著樹幹流到我的手背上。

由疼痛造成的休克，今天已出現在他的床上。這意味著用不了多久，他就會隨著不斷拉長的休克時間而進入最後一次「休克」，並且永不甦醒。

從休克中醒來，他的眼睛被洗過一樣清澈透明。他望著我，詭譎地笑一笑，彷彿他剛才去偷偷拜見過他的上帝，已經知道了人所不知的祕密。他對從上帝那獲悉的天堂奧祕守口如瓶。我懷著僥倖心理，期待他會在故事裡透露給我。倘若真的有天堂，倘若真的有復活和永生，在信仰者的心上身上就應該或多或少印映著它們的影子：否則，上帝何以感召芸芸眾生呢？

我想，抓緊他的目光，抓緊他故事的每一個細微末節，或許就可以窺見休克時他在另一個世界看到的事物。

上帝恩寵我，不許我犯自殺之罪。他給我奇蹟般的機會，引領我回到家中，自己給自己包紮傷口。

夏天在一天天過去。傷口在一天天癒合。我懺悔罪孽。我通過「犯罪」瞭解了自己的本性。秋天來了。B該回來了。暑熱仍在苟延殘喘。外傷漸漸痊癒的我，也在漸漸歸於平靜。

二十四歲生日的早晨，我去教堂做了晨禱。回家後對房間做了大清掃，把床單被單一律換成新洗過的。洗完衣物，我為自己煮了兩隻清水蛋，沒有吃放在桌上。去公共浴池洗完澡回來，我放下窗簾，遮住午間的陽光，點上蠟燭。我把那方藍色絲巾從書架上取下來，在燭臺旁將它包好，放進抽屜中。然後我敲碎兩隻潔白的雞蛋吃了下去。這個儀式，既意味著我已滿二十四歲，也意味著同絲巾相關的那場戰爭、那個時代已永遠成為過去。

B回來了，帶著滿身陽光和海洋的氣息。在更衣室裡，我們情不自禁地擁抱在一起。伏在他的肩頭，哭泣的衝動襲過心頭，湧向眼睛。一個暑假，我的世界滄桑變遷，而他對那一切卻一無所知。他一邊抱緊我一邊說：「好想你，很想很想，儘管我有了一個美妙的豔遇。」

整整一天，我都感到有一位親人在身邊走動、言語、微笑、用目光與我交談。我急切地盼望時鐘快一點指到夜間十時三十分。我不住地看新來的年輕的鋼琴師：他第四次休息之後的演奏，就是全天工作的尾聲了。

偏偏在這時，來了一位老紳士，獨自一人坐到主臺的高腳圓凳上，要了一杯生啤酒，悠閒地啜飲起來，像喝威士忌一樣。我看到鋼琴師甩了甩長長的額髮，結束了第四次休息，走到鋼琴前，奏起他自己改編的一曲民間小調，樂曲在輕快活潑中融入了閒散與優雅，很適合酒廊的氛圍。這位鋼琴師是藝術公學的年輕教師，專業是作曲，鋼琴是副科。

老紳士一點點呷著啤酒，直至鋼琴師離席而去，他的啤酒才喝去四分之一。

客人都已走光，只剩下我、B和老紳士。他依然從容不迫地呷著啤酒，急得我頭上不斷冒出層層細汗。B忍不住提醒他，早過了關門時間，明天學院開學，還得回去準備文具。老紳士聽後，樂哈哈地說：「好，你們是大學生，好，別著急，我也上過很多年學堂，文具麼，反正有書僮準備，不必急，不必急，我喝完它就走。」他輪遞著已不靈活的右手五指，彈擊著酒杯的外弧。

就這樣，我們一直等到零點一刻才關好店門。第二天是開學日，我們約定週六晚上裝病一次，一起去吃一頓飯，恰好週五又是發薪水的日子。分手時，我見B推出一輛腳踏車，有些奇怪。他告訴我：他昨天一回來就去租了一間房，把東西從W那裡搬了出來，現在他是「快樂的單身男人」，女人們多了大好良機，不過，他會為剛剛開始的那段海邊戀情而「守貞」。

望著他的身影駛入燈火叢中，我心中隱隱發出痛楚，暫別猶似長別離：有一天他也會老，會失去精力與神采，有一天他也會離開這個世界：那是尚未發生但必定會發生的事實：那時候，世界末日也許真的會到來。

騎在車上，我知道又一個不眠夜等在家中。

重見B，使整個夏季時代的個人戰爭演變為一條荒唐的彎路：路盡頭仍是B的身影。生日那天獲得的勝利感與寧靜感，頃刻又遭搖撼。醒時夢裡，我的感情都無法抵禦他原有的和新近從海洋帶回的男性光輝。他像我走失多年的哥哥，突然從海外的仙山中歸來，渾身披掛著神龍鱗片製成的鎧甲，威風凜凜。他也像一位迷途的王子，獨自跋涉於荒山大澤之間，與群獸為群，以若英翠葉為食，笑容如燦爛的雲霞。

他的影子他的形象，愈來愈沒緣由地闖入我的記憶、夢、想像、思想和情緒中，放逐了多年陪伴著我的孤寂。它已經將我的禁慾習性逼到了懸崖邊緣，無路可退，稍一疏忽就會跌得粉身碎骨。

眼看著自己用幽禁、失眠、爬山、買春直至在女友床上的萎頓築起的防禦工事，在B殊難自知的情形下，在他的自然而然的「歸來」動作面前輕而易舉地動搖、坍塌，我不禁心灰意冷。同時，我似乎也一直在期待著、預謀著這樣的結局。像我這樣並不勇敢的人，被逼無奈也會闖入「紅燈區」，也會出面同光頭和「半長半短」周旋。在愛的情感面前，我已無力掙扎，也不想掙扎。放任洪水漫漫，達及腰、達及胸、淹沒頭頂罷。

開學這一天，學校裡彩旗飄飄，人人似玉。禮堂內大部分同學按預先分好的座席區坐好，有人看報，有人看書，有人在交頭接耳。坐在臨通道的座席上的C呼喚我，我便走了過去。他與右側的女生一同向右移了一個座位。我坐下後認出，那個女生是V。她目不斜視地微揚著頭，望向前臺，彷彿根本不認識我。

尷尬場面持續著，似乎漫長無邊，直到將我風乾。幸虧C扯了扯V的裙側，說了句：「怎麼樣，我沒說錯吧？」V憋住笑聲，將剛剛剪成齊耳短髮的頭微靠在C的肩上，他們的手也在他的腿上挽在一起。C專注地望著V的眼睛，對方回給他一個又嬌又羞的嗔怪表情。那一瞬間，我幻見到一對男女摟抱在她的床上，男人不是我，而是身材高挺的C。我知道，她找到了一個可以占有她又愛她的男人。他吶，三年苦苦追求的目標一旦到手，且是絕處逢生，一定會愛不釋手，珍惜如命。

無論他們愛得忘乎所以，還是故意作狀態給我看，我都無所謂。我長長地、深深地舒了一口氣。我給她寫去的問候加道歉的信，肯定被她撕作花瓣，投進火焰了。我從內心裡感激C，覺得他是一個江湖好漢，專門在別人的危難中殺上前來，救人於苦海。

坐在他們一旁，心境霍然悠閒起來，連校長大人出現、全場起立我都沒有察覺。C碰了我一下，我才站立起來。

整個典禮儀式做了些什麼，如今我已一概遺忘。不能忘記的是我在那一個小時中意識世界和情緒世界的波紋。我感到身旁坐著一位騎士，同時搭救了兩個「美人」。從他的身上，散發出勇士甲冑的金屬氣息和胯下駿馬的皮毛氣味兒。他暖洋洋的身體和呼吸，使周圍的窒人肺腑的冷空氣融解為雨。在此之前，我還一直把他當成一個情場失意的小丑，促狹使壞的高手。他身旁的短髮女子，渴望愛情，曾為此走過一段荒遠的歧路，如今方曉真情摯意本在騎士心上身上。懸崖勒馬，未為晚矣。幸福就這樣成了她手中之物。

散場時，C故意問我：「葉紅車，我送你的絲巾為何不繫？」我竟然寬大而流暢地回答：「保存在家中以誌紀念吶。」看得出，我的答辭讓他也讓他的戀人吃驚不小。

「一切都可以生日為界線來進行劃分。此前的探索期和此後的轉變期，明顯地有著不同的運作：探索期事事坎坷，轉變期萬事趨於順利。兩位女性和兩位男性分別扮演了各不相同的重要角色。『大快活』中的女子和V主要分布於前期，為我艱苦的個人奮鬥充當炮灰。前者從我手上得到了錢，後者得到了恥辱、歉疚和C。B和C則貫穿兩個時期。B

首次出場便動人心旌，惹起後事無數。暑休後他以朋友面目重新登場，好戲尚在後頭。C於前期送我絲巾，以期辱沒。後期則無意間解救我於自責的困厄，擔當起安撫V的任務。這四個人物的出現，將我的內心矛盾掀起、展開、推上高峰，然後又給予它以『臨終關懷』。看來，過去的戰爭雖然告一段落，但戰爭的開端——有關B的問題仍是尚待解決的最大難題。不過，我毫無根據地對此持相當樂觀的估計。」

這是我在圖書館匆匆寫在讀書筆記上的一段文字。標題是〈關於葉紅車第二輪愛情結構的報告〉。寫完後，我對著它微笑了許久。

開學後，應該說我「春風得意」：教授們紛紛公布了上學期的成績，陰差陽錯，我竟成了全系唯一一個八門全優生，還得了一小筆獎學金，恰在囊中羞澀時期的我，真如旱中逢甘霖，嵯峨野的少老闆，為答謝我上次「英勇退敵」的行為，在發薪水時，又額外給了我一個大紅包，數目相當於我三個月的薪水，尤其是，B獨居後不到一週，人彷彿突然長大了許多，善解人意的天賦加之有意識地體諒他人，使我在他的身邊偏得了許多有形無形的溫暖。

禮拜六下午課剛放，我就跨上我的「駿馬」，飛馳進蘋果學院的大門，找到約會地點。站在蘋果雕塑下，我被震懾住了。

三公尺高的蘋果青銅塑像，令人一見便有觸目驚心之感。果體的青銅本色與大刀闊斧剛勁有力的刻紋，使倒置在基座上的果實猶如從天而降的星石剛剛觸地：果體從著地的頭部開始呈曲線狀迸裂開來，曲曲彎彎，直達尾部，彷彿被從地心發出的閃電劈裂而開：裂口邊上，五顆飽滿的果核，正在向外迸落：裂縫深處，幽深靜謐，陽光在任何角度都無法直射進去：可以看到的裂口部分，果肉裸裎著，像人的傷口，正在流血迸發出鹹癢癢的劇痛。

這是一個因為完全的成熟而從枝頭跌落於地的果實，還是被眾神憤怒地從天上摔下來的神話作品呢？站在它的下面，人們會被兩種魔力同時攫住：一種是墮落的恐懼，一種是對速度、力量、接觸的驚嘆。為此，B拍我肩頭一下站在我面前時，我竟突然感到他是那麼渺小，脆弱，和孩子氣。

青銅蘋果。青銅蘋果。青銅蘋果。他帶我參觀校園時，我的視覺中還是充斥著那個青銅蘋果。

他很快發現我心不在焉，就與我一同騎車出了校門，來到那家由他預先選定的餐館門前。餐館的名字叫「塵世伴侶」。直到這時，「青銅蘋果」還梗在我的視線中，使我無暇去為「塵世伴侶」這個好名字這個好處所而對他心生謝意。

簡樸淳厚的內部裝修，老實憨厚的店老闆，和實惠味美的煲類菜餚，增添了這頓午餐的親切感覺。我發現，坐在對面的「青春偶像」並不那麼注重外在的形式和排場。他有一種天賦，那就是不失時機地把握住情緒，使其在最佳狀態延伸，並享受它。在屬於兩個人以上的空間裡，他絕不獨斷專行：給予別人以體貼，實際上正是在體貼自己。

細細地品味著菜餚，細細地品味著。我反覆在揣度，他選擇「塵世伴侶」作為我們第一次聚餐的場所，是否已領會我對他的愛慕並且接受了呢？他不是在潛意識的指引下選擇了「塵世伴侶」，就是有意識地採取這個含蓄的方式給予我鼓勵，讓我將愛情發展到頂峰，然後猛然警覺愛的危險：遊戲該到此打住。

玫瑰湖水面如鏡，映著碧藍的天空和天空上的白雲。湖畔的玫瑰花叢環湖向四方鋪展，直達遠處的林端。嫣紅姹紫之間，我和B笑著同時說：我們也在開放了。

殘暑猶存。我們穿越花叢，走進林中。那是一片桃樹林，桃花早已開過，桃實亦已成熟，被人採摘殆盡，只有高枝上還留著不多的幾顆，紅得令人垂涎。

B讓我坐在草地上候著。他跑到一株最粗大的桃樹下，三下兩下爬到樹枝間，並繼續向高枝上攀登。沒過多久，他已纏在可以搆到殘存的果實的樹枝上，像一顆碩大的果實隨著樹枝搖搖顫顫。我不禁尖叫失聲。他在樹上不慌不忙地摘下一顆桃子，在口邊作了一個啃咬的動作，然後喊：「喂，接住！」果汁飽滿的桃子從樹枝間落下來，擦過我的指尖落到地上，摔成了果泥，桃核在中間連帶著絲絲絡絡的纖維，像顆僵硬的剛剛停止跳動的心臟。剎那，A扔打火機讓我給他點菸的場面掠目而過。

B在樹上笑起來，說：「嗨，真笨，再來一次，不然就作不成蟠桃會啦！」我認真地站開幾步，提醒他：「我在這兒吶！」

幾次成功的投桃與接桃，使我喜笑顏開。最後一顆桃子落入手中後，我衝樹上喊：「我笨麼，是不是不笨？」他邊下樹邊說：「差一點兒就成駱駝啦。」我一聽便跑到樹下，等到可以搆到他的腳時，便一把抓住，威脅著說：「說，我笨不笨，不然我拉你跌下來！」他亂蹬著另一隻腳，以免踏空，連連說：「不笨不笨，靈活若鴕鳥。」我剛一放開他，他便乘機從樹上滑下來。這時，我才知曉上當，奮起追他。他繞著樹幹跑來跑去，靈捷若兔。我追趕著，氣短地喊：「你才是鴕鳥！」當我接近精疲力竭時，他的速度也慢下來，故意不小心被我捉住。我高興得臉上燃著灼熱，同他一起倒在草地上，痛痛快快地「胳肢」他，直至他笑得淚水「橫流」，上氣不接下氣。他掙扎著爬起，殘喘著說：「我是故意被你捉住的，你還這麼不饒人，罰你去洗桃子。」

我把桃子兜在衣襟中走到湖邊。湖水上映出我充滿喜悅的臉。我用湖水將桃子一顆顆洗淨，再放進衣襟中。轉身時一個十四、五歲的少年正站在我的身後，貪饞地望著我襟中的桃實。他文弱真純的樣子打動了我的記憶，好像他就是過去的我，站在現在的我的身邊。我不禁衝他笑笑，挑一顆最紅最大的桃子遞給他。他接過桃子，受驚般地望了我一眼，捧著桃子慢慢走向一邊。他的背影更進一步觸痛了我：那種稚氣那種少年氣如今還停留在我的身上：我想，其實它原本無法逗留，一旦逗留原地就會被成年的年齡環境所汙染。

走近B身邊，我臉上的快活已經凝結，他的一句話使它重新流動起來：「美麗的白種鴕鳥，你生了那麼多紅色的鳥蛋啊！」我兜著桃子，如孕婦捧腹，追逼向他。當然，這一次他不會再讓自己遭受腋下劫難。他邊倒退，邊乘我不備，從我的衣襟中明目張膽地搶走了一顆桃子，大口吃起來。他一邊吃，還一邊對桃子左看右看，大聲地說：「咦，好奇怪，葉紅車生的小鴕鳥，毛兒怎麼沒啦，一定是被狠心的媽媽拔掉，丟到湖裡去了，可憐的鴕鳥後代，連眼淚都變成桃汁兒啦。」我哭笑不能，索性一屁股坐到地上，抓出一個「肚中的孩子」，咬了一大口。

第一顆桃子吃光後，他圍著我跳前跳後，伺機竊取第二顆。我將身體團起，像刺蝟一般，連桃子的影子都不讓他看到。誰知，他將我剛咬一口的那顆一把掠了過去，哼一聲小曲兒咬一口，吃得得意非凡。

驀然，一股莫名的委屈、自憐、憂傷、惆悵湧上心頭。我抱著桃子，淚水奪眶而下。我覺得自己是一個梳著兩根細辮子的小女孩兒，嬌弱而任性，溫柔而孤高，偏偏愛上了鄰居的壞男孩兒，被他罵成笨蛋、生紅蛋的鴕鳥，還被他奪走被野獸咬了一口的「孩子」……我坐在草地上，抱著那些溫漉漉的桃子，悲從中來，愈哭愈傷心。我賭氣地想：我要把傷痛的心哭出來，讓他看，當我死去時，他會知道我為他而死，他會俯在我的屍首上慟哭三天三夜，然後離家出走，終生四海漂流：他一生一世都會因為瞭解我的愛太遲、傷過我的心而懊悔。

淚水落到襟上，歇斯底里在悄悄向另一幻境過渡：他會在安葬我的儀式上抱著我潔白的屍體，當泥土掩埋掉我最後一抹容顏時，他暈了過去，醒來後，他在我的墓前樹起一塊大理石的石碑，上面鐫刻著：「吾唯一鍾愛之小女孩兒葉紅車安息於此地路經此地之諸路神祇請賜鮮桃於伊之芳魂伊因與吾爭食桃實不得氣悶而亡逝」。

B瞪大了雙眼，望著我雙淚潸然的樣子，不知所措。他微皺著眉頭，百思不得其解。我已經平息下去的傷憐之情再度升溫，無聲的流淚升級為憋悶難抑的哽咽。面對如此局面，他蹲跪到我的面前，雙手捧起我的臉，揩著我的淚水。我避開他的手，自己擦乾眼淚，羞赧地衝他笑了一下。

黃昏把暗金色的霞光投到玫瑰湖上：湖水銷金，花叢暗香浮動，遊人如雲，淒迷景色，愛戀情懷。我不禁暗暗長嘆。靈魂隨著氣息，遠行於萬里之外，久久不肯歸巢。

那是我一生中最美好的時光。如今回想起來，我還對它充滿神往。

我和他並肩坐在湖畔，默默地注視著夕陽西下，暮靄四起，直至月輪東升：白日裡生機盎然、陽光明媚的寰宇，已變得清輝寂寂、蟲鳴戀戀，一派祭拜諸神的氣氛。

我們都有些餓，又不想走，就把餘下的桃子一個個吃下充飢。踱到遊人罕至的一側，我們找到一條長椅坐下來。

他說：「月下的玫瑰，就不那麼像情人的靈魂，倒像成群結隊的棲鳥，全把喙插在羽毛中站著安睡。我外公家就養著許許多多種鳥，都關在籠子裡。牠們睡覺的時候，都不要趴下，好像只有孵小鳥的時候才趴在蛋上。對於牠們，飛行相當於人的跑和走，站立相當於人的站、坐、臥三種功能。嗨，可惜我媽媽不要我。我可是很喜歡她和外公外婆還有那些小鳥們吶。」他嘆息的時候，像個憂愁的小男孩兒。

我說：「我喜歡的是馬，高大的、威風而冷峻的馬。可是，我還沒有見過真正的駿馬。小的時候我總在想，有一天我能騎上駿馬從街上飛馳而過，就再也不會有壞孩子在上學放學的路上攔劫我，嘲弄我，罵我，用石塊投我啦。」

他說：「想騎馬，太容易了。西郊有個賽馬場，現在就約好，我帶你去。」

我們絮絮地交談著，談了很多各自童年的趣事，也談到了信仰和死亡。

遊人漸漸散盡，月輪已升上中天。我和他都想小便。他提議將尿液送給玫瑰叢。有意無意間我瞥見他粗長的陽具在月光下很神氣地拋出一彎液體的弧線。為此，我臉熱心跳、心猿意馬了許久、許多年。

星期天早上我沒有去教堂。我躺在薄薄的被子中舒舒服服地把玫瑰湖畔的每一個畫面反反覆覆地加以回味。畫面演進到月下便溺一幕時出現疊化：我被壓倒在A家的沙發上，一盞橙黃色的太陽從頭的方向射下光芒，壓倒我的不是A的父親，而是B：我心甘情願地接受了他。

幻覺消隱的過程中，我把自己的雙手當成他的雙手，輕輕撫摸雙肋及臀的兩側。我驚奇地發現，它們光滑潤澤細膩而富有彈性，在臀的坡度部分，還有一股甘甜如蜜的物質可以直接刺激觸覺神經。

我用意識制止住「B的雙手」。如果它放肆下去，後果不堪設想。我爬起來，光赤赤地跪在褥上，想誦一段經文，但集中不了注意力。我再次躺下，目光飄渺，側望著窗前的陽光從火紅變成金色，再從金色變成淡金色。

我已很確切地把握了自己的「性別」：天賦的條件如此，後天的條件也是如此：在我生命的最初十五年間，我可以效仿的榜樣只有一個，那就是媽媽：兒子應是父親的翻版，而我可以仿效的只有母親：我願像她那樣生存和生活，無論幸運還是不幸。

洗漱完畢，穿好襯衣和長褲，我坐到小桌前，噙著淚水給他寫了一封信：「B，我的親愛的B，這樣稱呼，或許讓你感到肉麻，但我不能不這樣稱呼你，目光和握筆的手都不允許我寫下別樣的稱呼，請原諒我！作為蒼茫的大海上飄泊萬年，無依無靠的一葉小船，我遇到了你，宛如看到了一面旗幟，旗幟的下面便是一艘滿載陽光的巨輪。從第一刻起，我就想把全部生命都交給你。我想對你呼喊。可是，多年的孤旅使我忘記了呼喊的本能。熱淚也流入嘴裡，堵塞了咽喉。我只能望著你的光輝，望著你越來越近的偉岸身影，完完全全忘記了自己，甚至忘記了自己的渺小。我想揮舞手臂，手臂真的舉了起來，在海面上，我揮動著細弱無力的它。你看見了，以為是躍出水面、向你致敬的一條梭魚，向它揮揮手，給了它一個迷人的、朋友式的笑。真想變成鷗鳥，可是我只能舉起雙臂，不能拍擊起飛，只能連連拍舞。你以為這一次是一對飛魚，雙雙穿破水面想一睹你的風采。你拋下一把麵包渣，再次燦爛迷人地笑了一下。我知道，我們畢竟距離得太遠，我畢竟太弱太小。於是，我只好寫上這封信，用靈魂、愛戀、血和全部生命時光。現在，我把它舉過頭頂，就要揮動了。它不是與你那幟杆上同樣的旗幟，沒有那麼光華四溢，神采飛揚。它只是用毫無價值辭不達意的話語寫成的一面愛情小旗。我把它舉過頭頂，雙手把它舉過頭頂，再踮起腳尖，盼望你能夠看到它，並且，在你駛過我身邊時，千萬不要與我擦肩而過。」

信剛一寫完，淚水就撲簌簌落下來，洇溼了紙上的字跡。早飯沒吃，午飯也沒吃。從文寶齋回來時，我的手上拿著一打精美的信封。我選出淡粉色布紋紙料，上繪雙鵲圖案的那一張，將信折好，裝了進去。我擁抱它在懷中，吻了吻它，對它懷著依依的別情。我為它祈禱：它即將「漂洋過海」去尋求愛情，前程未卜，但願它所到之處，金石為開。

兩個星期過去了。我每天都懷揣著那封信，卻遲疑著，沒有交給他。我擔心它石沉大海，或者激起怒濤。同時，也擔心它將巨輪帶到我的身邊，我卻因激動而手腳麻木，攀不上它的舷梯。

轉眼到了應B之約去賽馬場的前夜。因為路程較遠，必須起早，B提議我住他那裡：那裡離西郊近一些。

結束了嵯峨野的工作，我背上挎包，隨他到食品店去買了火腿、麵包、黑啤酒和飲料。挎包裝滿後，改由他來背挎。騎車在路上，他背著鼓囊囊的挎包的側影，總勾起我許多關於此夜如何度過的假想。對於他，一夜獨眠和一夜與同性朋友同榻而眠，不算有太大的不同。對於我，則是個有口難言的大難題。

同A共枕而眠的時候，我們都還是少年，情竇尚未敞開：半生不熟的慾念，通過目光、交談、同息同起的時空、生物電的幅射，就能夠滿足。輔之以少年的羞懼，慾望絕對會乖乖敗在愛慕情結之下。而今，肉體時時像一頭小獸，不僅不受情緒、意志的控制，而且還常常君臨它們之上，左右它們控制它們，讓它們為它開設路徑。如果我睡在他身邊，控制不了肉體和慾望，會出現什麼樣的場面呢？

到了他的住處，他放水，我們分別洗澡。他的「家」，其實並不像他說的那麼小那麼破。房間有我家的一倍半大小，家具簡單，床榻卻是軟團團的矮腳雙人床。有一間不大也不小的衛生間，內設一個小型浴缸，牆上是一面很大的鏡子。只是沒有廚房。

第一次在一面大鏡子前脫光衣服，我對裸體的自己有些吃驚。雪亮的燈光下，清瘦的我卻有著兩朵渾圓上翹的小臀部，凸出在腰腿之間，頗富挑逗的意味。我看著它們，很不順眼。一邊搓洗它們，我一邊將手板作成砍刀狀，試著以胯骨為基準將凸出的半圓削去：它們被「刀」面擠回到骨盆間，至少有一寸厚的感覺。看來，注射荷爾蒙沒起任何的作用，說不定臀部就是在它的作用下才隆起的：不然，我以前怎麼沒有發現。

不能不承認，對鏡中的裸體，我產生了些許自戀的傾向。我還想，如此如飴如蜜的身體，他不該不喜歡。

想著洗著，洗著想著，我把時間忘記了。忽然，B只穿著一條明黃色內褲打開門，笑著說：「我的寶貝小姐，你都快洗一年啦。我以為你泡在浴缸裡就被大魚吃掉了。」他不帶任何好奇地看著我站立在水中的身體。我連忙蹲入水中，羞怯怯地說：「別看我，快出去，我馬上就好！」我聽到自己的聲音，簡直就是一個撒嬌的、情慾衝動又故意掩飾的懷春女子的聲音。

B退出去時說：「羞什麼，都是男的，都一樣的。」他關上門，我連忙離開浴缸，放掉水，再加入新水。當我披上他的浴衣走出去時，他已脫得精光等在門前。一見我出來，他作了個拳擊動作，迎胸給了我一拳，說道：「你這小子，整整洗了一個半小時，比我見過的所有女人都慢，該罰你給我搓脊背！」一瞥之間，他作為一個完美的男性的一切，都進入了我的視區和記憶：我感到一陣暈眩，倒在了地上。

甦醒時，我發覺自己已躺在他的床上。他赤裸裸地站在床邊，用指尖從一只透明玻璃杯中蘸著清水，一點點向我的面上灑，真像一位天使以橄欖枝上的露滴在拯救一個奄奄一息的凡夫俗子。他的神情中充滿虔誠、聖潔和期待。

我望著他，緩緩地綻開笑容：一定要給他很燦爛的笑容，我自己從未有過的燦爛的笑容。

他停止灑水，也露出很欣慰的笑容。我向他道歉。他調皮地說：「道歉的該是我。這裡的通氣設備不好，缺氧再加拳頭，你當然要如飛燕醉酒、玉山傾倒啦。」說著，他邁向茶几，為我沖調煉乳。他轉身行走的過程和矯健的側影使我熱血再次上湧，我再次感到強烈的暈眩。這一次，我堅持著，不讓自己幻覺中的頭與身體從空中向下墮落：我努力著要找到崖壁上可以依附的凸石或樹木：我成功了，沒有再休克過去。

我下床，坐到沙發上。他為我端來那杯濃煉乳，等我喝下後，才放心地進入衛生間。口中繚繞著煉乳的芬芳，聽著衛生間裡人的歌聲與水的歌聲，我帶著休克後的倦意和鬆軟的雙重感覺，從襯衣口袋中掏出那封早已寫好的信，放到他書案右側的小書架上：那個地方既不醒目也不偏僻：明天，後天或者是下個月，不論那天，他會讀到它：我既盼那個時刻快些到來，又盼望它永遠不來。

終於到了同床共枕的時刻。我被自己的情慾嚇得瑟瑟發抖，儘量躲到被子的邊緣。被子的另一半，覆蓋著他的裸體。我恐懼自己。我必須等待，等待他瞭解我的感情之後。在此之前，依靠黑夜和身體的刺激，即使在肉體上擁有他，獲得慾情的滿足，也不能證明我在被愛或者我的愛得到了回應。這不是我所追求的境界，為了達到那個境界，我必須忍受慾望的寒冷的抽擊。

我的顫抖驚動了尚未入睡的他。他將被子向我這邊讓一些，蓋住我的全身。我依然發抖，儘量保持與他之間的空間距離。他輕聲問：「冷麼，是不是病了？」我只好向內側移了移，告訴他我沒病，只是作了一個噩夢。他輕輕地把我抱到懷裡，說：「別怕，我在這兒吶，這是我的床，沒有什麼災難和惡魔可以傷害你，別怕！」他將我抱得更緊些，不讓我的顫抖幅度擴大。

過了一會，他溫熱有力的懷抱溶解了我的慾望。顫抖在漸漸平緩下來。在他純潔無邪的擁抱中，世上一切邪妄、欺騙、恐怖、煩亂和羞辱，都在離我遠去。純淨透明、通徹身心的欣幸感覺，隨著他呼出的溫暖清甜的氣息，把我送入沒有一絲夢痕的一夜安眠之中。

清晨，我在他的懷中醒來，覺得世界上的一切都變了，包括我自己，完完全全地變了，變得像大地上空和天堂間的天使。

月城和早晨，在我們活潑輕快的身體下，漸漸流向遠方。賽馬場的輪廓遙遙地顯現在金彩炫炫的秋陽中。天高地曠。額髮飄風。車輪輕捷地壓過鬆軟的土路。車上的人物，動律隨腰，笑語如歌。

馬場的守值老人還記得B，因為他騎馬騎得很出色。他熱情地將我們帶到飼養馬匹的地方。一匹鐵灰色的馬，毛皮在陽光下閃耀著光澤，神情冷傲，高揚著挺拔有力的脖頸，見到我們到來，刨著前蹄，仰天嘶鳴。我對牠，有一見鍾情之感，如同在嵯峨野初次見到B。

B跑上前，撫摸著牠的毛皮，還把手放到牠的嘴上任牠吻舔。牠還記得他。牠曾馱載著他的身軀馳騁大地。在他與牠之間，天然地存在著某種默契、某種世所罕見的和諧。當牠以傲然的神態低下高貴的頭顱吻他的手心時，我從牠的目光中看到了溫順、長久的期待和重逢的歡喜。我被這個場面深深感動了。

我走上前去，將臉頰貼在牠的前肘部，輕輕地磨擦著，讓牠的皮毛搔癢我的肌膚。當我用手去撫摸牠的頸部時，牠不耐煩地將脖頸微微向旁邊避開。我看一眼B。我感到，牠不喜歡我。

老人高高興興地抱來鞍韂，細心地把鐵灰色的馬武裝起來。那個過程中，牠乖順而焦急，渾身的肌肉都繃得緊緊的，目光不斷射向跑馬場的遠方。牠在期待著一場風暴，由牠和牠所鍾愛的騎手掀起的風暴。牠和他將在飛馳中產生新的和諧、新的默契、新的光景：比起溫馨動人的重逢，那將是由速度、力量、完美合作造成的閃電般的風格。牠和他都知道，那種風格即將到來，又將一縱即逝。

他飛身跨上了馬背，韁繩在他與馬之間劃出一道光弧，如火柴在黑暗中劃過磷片，駿馬一聲長鳴，箭一般射過跑道，疾飛向場外的茫茫秋原。

陽光和秋風從他們的身上掠過，形成轉瞬而寂滅而再生的朵朵光斑。人與馬越來越小，他們身前的太陽卻顯得越來越大。當人馬小到恍若遠在天涯時，讚美和惘然同溢於我的心頭。

天盡頭，是他和牠單獨的世界，是迅疾、雄渾、寬廣和流暢構成的世界。我待在天的這一邊，同老人、人造的賽馬場和幾匹只顧吃草料的馬匹在一起。我若是那匹鐵灰毛色的馬，現在就可以坐在他的胯下，與他一起飛奔在天邊之外，忘記掉城市，歲月，忘記掉世間的一切……

我呆呆地站著，不知過了多久，彷彿是一個世紀，才見到天邊出現了一個黑點：它像地平線上天使豎起的一根小指尖，漸漸長大起來，在脫離地平線的瞬間變成一匹兒童玩具馬，玩具馬倚著金色的陽光撒開四蹄飛奔著。牠的背上是一位誕生於斯堪地那維亞半島上的北歐王子，飄飄灑灑的金髮在陽光下猶若罩繞著天使的光環。隨著時光的推移、歷史的變遷，馬和人的頭髮被染成了黑色。最後，他們化成真正的馬和真正的王子，神采奕奕，站立在我的面前。

B跳下來，我同他一起為駿馬從頭到腿揩淨汗水。馬體上散發出混雜著肌肉、皮毛、分泌物和汗水的強烈氣味，將人帶回到生命最原始的時代。假若我相信輪迴轉世，我就會相信我的原初時代是一匹馬，一匹駿馬，棗紅的毛色，油亮油亮：按照輪迴轉世的學說，此生我必受馬的影響，從生活興趣到一生命運。

鐵灰色的馬被B稱作「老情人」。當我為牠揩擦頭部時，牠不屑而輕藐地俯視了我一眼。那一眼深深地刺痛了我。

我一直相信馬具有神性，是可以通神的靈物。「老情人」以那樣的目光對待我的愛戴和親近的願望，一定預示著某種不幸或災難。馬是我自幼喜愛的動物，最出色的馬卻給我以白眼，就如同你最愛的人肯定會將你拋棄一樣。

我的預感很快就應驗了。不過，這一次只是肉體上的。感情上的問題要留待肉體的傷痛癒合之後才會發生。

午餐時，泛黃的秋草和黃色的小野花包圍著我和他。我們邊分餐昨夜備好的食物，邊閒聊著。談得最多的是他的「老情人」。我們都喜愛牠。牠堅定不移地選擇了B。對我，牠用鼻子就能嗅出來我以另一種意義的感情在愛著牠的騎士。牠不歡迎我，根本不理會我，還用目光折磨我。我和牠不知不覺成了情敵。第一回合決鬥，牠勝了。牠把B載到大邊外，與他共用了上午的大部分時光。牠以脊背將牠所擁有的一切美麗都傳導給他。他和牠無須語言，就成了世上最和諧完美的一對搭檔。而中午，在牠以白眼對我之後，我又不費吹灰之力贏得了第二回合的勝利：我同他坐在草地上，像情侶一樣共進午餐，而牠呢，被拴在遠處的繫馬樁上，啃著地上的草，很不情願地嚼著，頻頻向我們這邊眺望。我能感覺到，我和牠之間的嫉妒在升級，不可避免的最後一場決鬥將在這一天剩餘的時間見出分曉。

吃完午餐，我們邊散步，邊一起哼唱著歌兒。走回駐馬所時，B問我是不是也想騎騎馬，我點點頭。

「老情人」再次披掛上陣。對於我和B同時騎在脊背上，牠沒作任何表示。B坐在我的身後，強勁的下腹和陽物緊緊地挨靠著我柔軟的臀部。他教我如何攬轡，如何抖韁繩，腰胯如何隨著馬的步伐自然擺動，全身不要用力保持平衡等等。駿馬聽任我們的指揮，時快時慢地走走跑跑，甚至還能載我們奔馳。我一時興奮得忘乎所以起來。

過了一會兒，B認為我已基本掌握了技術要領，「老情人」又十分合作，就一個人跳下馬背，先是牽著馬讓我單騎，後來便悄悄放開馬，讓馬單獨受我控制。

「老情人」起初只是驕傲地邁著步子，高揚著俊朗的頭。待我輕輕一抖韁繩，牠就開始奔跑，並且不顧我的尖叫，愈跑愈快。我在牠的背上，嚇得渾身冷汗，緊緊地抓住韁繩，雙腿緊緊地夾在牠的腹壁上。我不知道用什麼辦法使牠停止飛奔，只聽得風聲在耳邊呼嘯，只感到頭髮、臉孔和前胸被狂風猛力地撲打著。時間和血流同時凝固了。當牠確知已離開B的視線時，就借助奔勢，一縱後股，將我從背上重重地摔了下去。

躺在我面前的人，左眉骨上留有一道疤痕。它的一半隱藏在細密的眉毛下，另外一半在秋光的映射下泛出微弱的光。馬曾經是他的偶像。當他騎在偶像背上時，作為情敵，被偶像狠狠地拋在堅實的大地上。他一直生活在不斷樹立偶像又宣稱打倒偶像的人群中。為此，他受到了懲罰，首先被偶像打倒了。

多日來虔誠地聽著他的故事，聽到他被馬摔到地上，我有點幸災樂禍。我無法否認此時卑鄙天性對我的襲擊。我想：這是一個難得的機會，這個機會可以把他拉回到我們中來，使這個沉溺於感情和精神的怪傢伙同我們一樣，更多地關心實實在在的日常人生。雖然他看上去普普通通，性情隨和，但我越來越發現，他實際上非常與眾不同，在他婉約的外表下，隱藏著對生活強大的叛逆本能。為此，他當然要付出代價。

作醫生的也許都有兩重性。一方面只相信科學，認為人的生老病死完全是自然規律，自然現象，與宗教意義上的善惡真偽沒有關係，值得同情的只是人體本身的脆弱。另一方面，每日與病人打交道，又發現每一位患者的致病原因都由「意外」造成：意外地生於帶有遺傳病毒的母腹；意外地撞了車；意外地失戀而自殺未遂；意外地染上了梅毒……，因此我又時常猜疑在人們的肉體病痛背後，確實存在善惡報應的因果關係：人或人類愈是墮落，病魔就愈喜歡他們：這位已經成為我的朋友的患者，大概不會否認這一點。無論如何，為一個同性戀人與一匹好馬爭風吃醋，未免有傷人類大雅，摔斷幾根骨頭也算上天給他一個緩解衝動的機會。

我的一些同行們，對待那些為愛情為友情衝鋒陷陣、骨肉碎裂的年輕人，可不像我這樣富於同情心。反正世界上的愛是愛不完的，血也是流不盡的。他們既然心甘情願去獻身，多流點血、多幾分痛楚，不是正好可以讓他們如願以償麼？我沒有我的同行們看世界看得深刻，就幹起了「臨終關懷」。不過，我也或多或少受過他們一些影響。我不得不承認，人的本性中確實存在著對流血的自我崇尚。痛苦常常比歡樂更有資格占據性格成長、人生信念、珍貴記憶的主位。有些人還十分擅長以苦為樂，以苦難為榮耀。我的這位朋友身上，就或多或少地體現著這種「自虐」情結。

麻醉劑迅速通過植物神經的枝條進入手術臺上的大腦，壓抑著我的中樞神經：在神智的「綠光」中，我見到B牽著他頂天立地的「老情人」，正站在手術室外的走廊上。我張一張嘴，想對他們說「我不會死」，可就在那一瞬間，太陽完全沉入海面，熄滅了。

昏昏沉沉地墜向海底世界時，我聽到遙遠的地方時時傳來刀剪相碰的聲響，還有血管鉗接二連三夾到什麼軟體動物體上的聲音。有一根斷掉的魚刺被魷魚的手接連在一起。一條魚緩緩地游走，是一條銀光閃閃的帶魚，牠小小的眼睛給濃如黑夜的海水帶來光亮，像兩盞小燈。一列船隊緩緩開過來，人們站在甲板上，渾身磷光，他們都衝我笑，揮著手。一艘、兩艘、十艘，千篇一律的船，千篇一律的人體和人臉，接連不斷地移過去，像行動笨拙、身附無數寄生物的大魚。它們永無止盡地行進著，沒有任何目標，盲目地摹仿魚類的生活。我吐出一口海水，頓時將船隊和我自己都淹沒在黑體液中：我成了一匹墨斗魚，連體液和呼吸都是黑色的。

我浮游著，四肢和五官都已不存在。它們被泡軟溶解到海水中。魚骨和貝殼。珊瑚礁石和沙粒旋卷著形成新的、巨大如鯨的骨架。海水中的鹽份迅速結晶並集結到骨架四周，海草紛紛附著在鹽體上，宛如馬的長鬃長毛：一匹綠色毛皮、白脣白蹄的烈馬誕生了。我在海中無聲地奔馳。我恍恍惚惚地想：我是海馬，「老情人」是我的戀人。突然，骨與骨之間發出微弱的響聲，全身的毛皮肌肉骨架都同時四散：我已不復存在。

醒來時，我用右眼吃力地望著一個陌生的世界。過了一會兒，我才看出坐在我面前的人是「老情人」的情人。他坐在並不明亮的燈光下，四周一片灰白色。一層薄薄的淚水漫過他黑幽幽的眼睛。他握了握我放在被子外面的手，有些用力。我的右臂上插著正在輸液的針頭。

我用一隻眼睛笑一下，很不習慣。左眼同眉骨一同被包在紗布下，有些發脹。他也笑了一下，笑得有些遲遲疑疑。他為我用鮮蘋果攪製了一小杯果泥，一勺一勺地餵給我。喉頭又乾又苦，果泥入喉，清涼甘甜。我感到自己可以說話了。我說：「你的『老情人』恨我。」其實，這並不是我想說的話。我想說的話，完全不該是這樣，可它一到脣邊就溜走了。我想找回它，大腦卻很鈍。

他苦笑一下，說：「不要胡思亂想，好好休息。大夫說你的大腦也受了輕微的震盪。」我想了好久，才問：「現在是幾點鐘？」他立即說：「午夜兩點。大夫說，你的手術很成功，不會有後遺症。」我又說：「少老闆又得閉店謝客啦。」他的眼睛轉了一下，說：「不會。我已打電話給少老闆，他還說明天來看你。」

我突然感到疲倦襲來，從骨髓中。我閉上眼，又昏睡過去。不知過了多久，陣陣疼痛在睡眠中撥亂著神經，我不得不結束沉睡的欲想，睜開滯澀的眼。

一盞昏暗的床頭燈下，B用肘支撐著腮，坐在我的身邊睡著了。他的睡態像一個很乖的小孩子。一滴涎水正從尖尖的嘴角流下來，他可能以為是一隻小蟲子在爬，用另一隻手去抹，將那滴垂涎塗滿了下頦。

不知是麻醉劑在失去效用，還是它引起的不良反應，六腑五內都開始隱隱作痛。傷口也一陣陣火辣辣地灼痛。喉嚨很乾很苦，想喝水。我忍耐著，怕驚醒他。我想將身體向內側挪，請他睡到床上來，但根本做不到。我的動作反而驚醒了他。他將早已晾好的開水端來，餵我喝。

疼痛愈來愈烈，而且集火熱、痠麻、針刺、悶擊等等疼法之大成。我抓住他的一隻手，緊緊地抓著，嗚咽起來。淚水未能立刻緩解疼痛。我已無力忍受我的肉體，我甚至動一動它的欲想都放棄了。我只想死。我想，只有死才能將我從那麼深刻的疼痛中解救出去。我哭著對B說：「我想死，真的想死！」他聽到我的話，眼裡頓時湧滿淚水。在那個時候，我突然覺得他離我那麼遙遠，同我將臨的死亡毫無關係。他為什麼滿眼淚水呢？我根本不理解，也不想理解。死是屬於我一個人的，任何人都不能分擔，也不能分享。現在，只有疼痛和死亡挾制著我，其餘的一切都同我不相干：啊，我只想從它們兩者之間選擇死。

疼痛一點點退縮，死神也隨之一步步後退，生命的其他感受又遲緩地回到它們之間。我停止哭泣：剛才的掙扎把哭泣的才能剝奪了。我呆呆地仰望著B的臉，過了片刻，對他說：「我不死啦。」只有在那一刻，兩顆淚珠才陡然從他的眼中滾落，落到我的手臂上，濺起兩片淚花兒。

疼痛的高潮過後，我突然覺得有好多好多話要同他講。我意識到，自從離開媽媽後，我從未產生過向誰談談自己的內心、自己對世界的看法和自己是個什麼樣的人的願望。七年過去了，我一個人摸索著認識自己，不勇敢也不畏縮地過著普普通通的生活，偶有自憐、自虐、自我欣賞，唯一自信的是從未有意地傷害過他人。多少次夢迴，我才發現自己已不是銀杏樹下的孩子。多少次走到家門前時，想推門就入，以為媽媽還活著，正在家裡為我準備香噴噴的午飯。多少個孤獨的夜晚，我想到死亡，恐懼使我筋酥骨軟。我無處訴說，也不想訴說。今夜，我想向他傾訴，向他傾訴我自己。

小時候，我家住在月城的西北偏北，青石砌的牆，青瓦蓋的頂，在記憶中，好氣派。院子裡不知為什麼，偏偏種了一棵銀杏樹。媽媽說，以前那裡的男主人酷愛銀杏。我就春天盼它開花，夏天盼它結實，可它年復一年，不開花也不結果，只長葉子。我一直搞不懂為什麼叫它銀杏，為什麼養它在院子裡。七歲那一年，我同媽媽搬家離開它，我抱著它哭了很久。它不開花也不結果，預言著我的人生。那時我沒想這麼多，只是離開它，說不出地難過。

在那裡住的時候，我們這些沒錢人家的孩子都被送到一位老奶奶那裡去免費照管。老奶奶有一個兒子常常閒在家裡幫她照看窮孩子。我被送去時還不懂事，一離開媽媽就大哭大叫著捨不得媽媽走，媽媽走得越遠我哭得越凶。媽媽走了一天，我就哭一天，媽媽走兩天我就哭兩天，只有在疲倦入睡和喝牛奶時沉默不哭。有一天媽媽下班早，想偷偷看看我在幹什麼。老奶奶的兒子最恨我哭，經常趁老奶奶看不見偷偷掐我屁股。那天媽媽恰巧看到那個成年男人在掐我，心疼如刀絞。她抱著我回家時，一路上淚流不止，而我卻高興得在她懷裡手舞足蹈。當然，這些都是後來媽媽講給我聽的。

長到五歲，也就是進教會小學的前一年，老奶奶的兒子患病不治，死去了。老奶奶悲慟欲絕。我們也從此離開了她的家。我每天被媽媽反鎖在家裡，十分心甘情願。我寧願寂寞難耐地在家裡等媽媽等一整天，也不喜歡同小朋友們在一起。

從我有記憶起，死亡就一直活躍在我的血液裡。它主要在黃昏和暗夜起來活動。迄今為止，它幾乎每天同我會面。會見儀式一般有兩種。一種是它用熱滾滾的身體在我血液裡打滾，直滾至我渾身癱軟為止。另一種是喬裝改扮。它沿著血管潛入想像，在那裡時而畫上雪白的長臉，瞪著眥眶流血的眼睛，時而一片片撕去身上的肉只剩髑髏。除去生命的其他日程，我見到它的時數最多。我熟悉它，可每天重見它時它都是嶄新的，我都很害怕：我並沒有準備好害怕就害怕了。媽媽告訴我，一見到它就祈禱，上帝就會來幫助我。那辦法的確很靈。但它常常是瞅住上帝不在我身邊的時候到來，連祈禱的餘地都不留給我。

有一天我同媽媽一起上街，看到一條小狗被一群與我年齡相仿的孩子活生生地用石塊砸死了，其中還有女孩子。死去小狗的慘相，如今還歷歷在目，我簡直不敢再看。

搬家後，左鄰住著一個大於我的女孩子。家裡沒人時，她便將我帶進她家去玩。有一天她脫下我的褲子，撥弄我的小雞雞，弄得我癢癢的。從那以後，我一見她立即逃之夭夭。她長到十七歲就早早嫁了人。她的丈夫我見過，長得像個屠夫。

媽媽的一位單身上司好像很喜歡媽媽。他經常送東西來我家裡，媽媽總是原封不動地送回去。不知是她不喜歡那位上司，還是對我從未見過面的爸爸太癡心。我一直覺得這是個謎。其實，我還挺喜歡那個人的，他待我很親熱，像老朋友。他曾經偷偷把我從學校接出去，看了一場馬戲，是俄國人表演的，還請我吃了一頓非常好吃的海鮮。那一次，我真是大開眼界，也大開胃口。可是這也給我帶來災難。回到家，媽媽審問出我不吃晚飯的理由，頓時捂著臉慟哭起來，哭了許久許久。我知道自己犯了彌天大罪，也陪她哭、哄她、發誓「再不敢了」，還想把馬戲從眼睛裡摳出來，食物從嗓子裡掏出來，去還給他。媽媽抱緊我，抱得緊緊的，不放開，止住了哭。後來我每次回憶起那段往事都想哭又想笑。我那時多麼天真爛漫，以為看過的馬戲可以從眼球裡一串串地拉出來還給別人，因為我老在想：所有看到的東西不都是成串成串地鑽進我的眼睛裡去的麼？

媽媽一直省吃儉用，攢下錢供我上了一所收費很高的中學。同學們都來自有錢人家，瞧不起我。我不自卑。自幼在教會學校裡讀教義，我相信上帝的眼睛，他以潔與不潔區分人，而不以貧富貴賤。我不用費力學習，成績就會很好。不過，我沒有野心，沒有什麼遠大抱負。媽媽喜歡我這樣的性格，她只希望我平安而順利地成長，並不培養我作強者。可能我的生父是那種野心很大的人：不知為什麼，我有時這樣想。我有過一個特別好的朋友，他叫A。在一個耶誕節的夜晚，他的父親在書房將我壓倒。從那以後，我失去了這位朋友。有時，我會想念他。他今年該是二十五歲了。

他只是安靜而專注地傾聽，沒有提任何問題。當我沒有力氣講下去時，他餵我喝了一點水。

天已矇矇發亮。床頭的燈光所照射的範圍漸漸在縮小。一聲鳥啼之後，群鳥「啾啾唧唧」的叫聲很快便連成一片。一位中年女護士推著藥品車來送藥物，為我測量了體溫，換了輸液瓶。她看完體溫計，對B說：「不要緊，體溫不是很高。看樣子，今天他就可以搬入病房了。你一夜沒睡吧，眼睛都熬紅了。你是他的哥哥？」B看我一眼，笑著點點頭。我也笑了。護士說：「你弟弟像個女娃娃，體質也不強。是不是在家裡你總欺負他，好處都被你占去了？」B連連點頭稱是。

護士走後，我又昏睡過去。醒來時，身邊站著幾位醫生，他們中一位主治大夫模樣的人用聽診器仔細聽著我的心臟和腹臟。聽完後，他向我提了幾個問題，諸如頭暈的程度等等。他們簡單交談了幾句，便吩咐護士長將我移出觀察室。我知道，這說明手術很成功，可以接受正常的恢復性治療了。

護士推來移動車。我說，我想試試自己走到病房去。B小心翼翼地將我的頭從枕上扶起。護士摘下正在輸液的吊瓶舉在身前。我慢慢地移動雙腿，使B可以為我穿好拖鞋。腳一踏到地上，我感到頭重如鉛，上體一陣劇痛，眼前金星四散。在B的臂彎中，我知道這是在他的臂彎中，我必須堅持著站穩。過了片刻，金星散盡，我可以看清他關切的臉孔了。我在他的攙扶下邁動腳步，走出房門，走過長長的走廊，邁進了516號病室。先於我，那裡住進了一個男孩和兩個老者。

幫我安頓好，B就得離開病室。醫院有規定，不許親屬陪護，只有週四下午和週日可以探視。我躺在枕上，依依不捨地望著他走出房門，彷彿久病不起的貧苦妻子，正望著偉岸的丈夫背著背包，遠行天涯去服苦役。

星期一，星期二，星期三，星期四上午，我一秒秒、一分分地被時間煎熬著，期待著週四下午的來臨。我每天按時吃藥，盡最大可能多吃東西，經常到院子中去散步以恢復體力。我盼望能早一天康復，早一天重返嵯峨野，與B在一起。

我不與同室的病人交談，一句也不。我無法從對B刻骨銘心的想念中分神去同他們閒聊。同樣，他們的話語也不會對我發生任何作用。我的世界十分封閉，只有我和他。我感激「老情人」，是牠幫助了我，是牠為我實行「苦肉計」，讓我像親人一樣同他在一起。週四下午，他要作為「家屬」來探視我，也許還帶著一罐雞湯，像丈夫探視產院中臨產的孕妻：我編了許多條類似的故事。

週四下午，B提著一個水果籃抱著一束鮮花兒出現在516門口。他落落大方地走進來，向我發出問候，然後問候室內的另外三人。

這一天，他穿著一件潔白的喀什米爾套頭衫，剛剛修剪過頭髮，鬢角顯現出青白色，比平日多了幾分剛勁和帥氣。他把鮮花兒遞給我。我抱著鮮花兒，笑得像個受到父親獎賞的孩子。白與藍平均間隔的條狀病員服，肥肥大大地罩在瘦弱的病體上，懷中抱著一束美麗動人的康乃馨，面前站著自己朝思暮想的瀟灑戀人，那是我一生中最幸福的一幕。不過，那種幸福只是一閃即逝。當我與他對視時，從他的目光中發覺了我不熟悉的內容：也許是男人的嚴肅，也許是思慮，也是思前想後的疲憊。我不再能夠明瞭透澈地看到他目光之後的世界。他用一層朋友的真誠關懷，將更為複雜的情感和思想遮蔽住，不讓我看到。

我想，他一定讀過了我寫的信。我甚至開始後悔。如果不寫那封「求愛信」，或者不把它交出去，我們就永遠會是親密無間的朋友。我為什麼不滿足，為什麼偏偏要用超越友情的愛去驚動他呢？看得出，他在面對一個難關，一個十分棘手的難題，他在努力像一個真正成熟、身經百戰的男人那樣闖撞難關面對難題。

康乃馨的幽香緩緩拂過面頰。B的目光掠過我緩緩收斂著燦爛笑容的臉龐。他問我還疼不疼，傷口發炎沒有，吃得好不好，睡得好不好。我連連點頭，一切都好。真的，住在醫院裡，消毒水和藥品的氣味，不是把危險和新的不幸都擋在千里之外了麼？何況，有他在身邊，不是此刻一切都好麼？至於以後，那是以後的事情，誰又能為未來保險呢？我想說：只是很想你，沒有你在身邊的日子，格外漫長。可是，我沒說出口。

他為我剝開一個橘子，十分清新的、初熟的橘實的香氣撲面而來。他一瓣瓣掰開，送到我的手上。我請他一同吃，他搖搖頭。我慢慢地咬破第一片橘實，甘甜芬芳的滋味溢滿脣齒、溢滿肺腑。我儘量細細品味這種滋味。我開始擔心，這也許是我們在一起的最後日子。

他輕輕扶住我的背部，我們一同在庭園中漫步。天空上，片片浮雲不時掠過秋陽懶洋洋的身軀。偶爾會有一、兩隻不知倦怠的鳥從我們頭上飛過，棲落到不遠處的核桃木上，「啾啾」地叫上兩聲三聲。庭園中增加了幾對探視人與穿病號服的人組成的散步伴侶。留心一下會發現，他們都是一男一女，要麼是母子，要麼是夫婦，要麼是姊弟，要麼是父女。唯獨我和B不同。

坐到白色的長椅上，他望著天空，我望著他。玫瑰湖畔的往事驀然浮現眉頭：時季剛剛轉換，那已似許久許久以前的故事，甚至像上個世紀少男少女的古老初戀。

我晃動晃動並不十分透明的頭腦。我知道它還處於病中，不能過份任它所傳遞的訊息。心靈要求大腦原原本本、十分寫實地拍下往事。品味和重構歸屬心靈。但是，大腦常常反抗，擅自改寫往事的句子甚至總體結構，偷偷塗上暗金色或暗灰色的敷料，擾亂心靈的視聽，讓心靈永遠不能得以精細地品評往事的真正滋味。

B把目光從天空降落到我的臉上。他叫了我的名字，又頓住了。我盯著他。我等待著決定命運的語音。

他笑了一下，不那麼自然，爾後說道：「紅車，禮拜一下課後，我去把『老情人』打了一頓。牠不反抗，不叫，也不躲避，低著頭任我山打。打完牠，我有些後悔。」他又說：「我給你講個故事吧，你一定喜歡。」

我點點頭，注視著他深淵般的眼睛。

「從前吧，有一座大山，很大很大的山。山洞裡住著一群紅老鼠，牠們是紅螞蟻和灰老鼠私通而產下的後代。紅老鼠身上的大部分皮毛呈灰紅色，只有兩隻眼睛和嘴巴呈血紅色。牠們比普通老鼠的嘴巴更尖也更有力氣，身體也更細長，兩條後腿蹬土的力量遠遠超過穿山甲。牠們性慾極強，繁衍極快，不到十年已發展成這座山上的第一大獸族。什麼大灰狼、大狗熊，什麼金錢豹、白斑虎，都甘敗於紅老鼠下風。牠們的絕招就是毀滅強大動物的洞穴，使牠們不得安眠。時間一長，再強壯的野獸也會垮於無家可歸的奔波之中。發展到第三十個年頭，紅鼠族在山上已是大氣磅礴、不可一世。山下的人們經常能看到一群紅鼠圍攻一匹大象，並很快將牠一點點蠶食，在牠的行進途中就將牠啃得只剩一副大象骨架。牠們吃了大象吃熊心，吃了熊心又吃豹子膽。這一下，牠們可再也看不慣每天要爬上爬下的大山了。牠們立誓要把大山夷為平地。經過鼠王貝比的周密部署，牠們將大山團團團住，從山腳下的各個角度開始對大山進行澈底的清算。牠們動作飛快地咬啃山石，發出一片『崩崩、崩崩』的聲響。大山與日俱減，已僅剩一座傘狀的巨塔。紅老鼠吃了十年山石，個個長成鋼嘴鋼牙。新生代的老鼠卻不甘心用牙齒去實現理想。牠們想出了一條妙計，那就是對山塔實行侮辱攻勢。那時，山塔的傘頂上，百獸濟濟。牠們飛不走，也逃不脫。牠們聚在一起，積攢好眼淚，準備在山崩地裂的前一刻抱頭痛哭，以美麗傷心的大悲劇來結束生命。沒想到，有一天，震耳欲聾的啃咬聲突然停止了。世界寂靜得令牠們耳鳴心悸。過了一會兒，靈巧的猴子們最先恢復知覺，牠們依序倒吊在傘沿上，成流蘇狀『唰』地一下展開於空中。牠們看到地上紅鼠如蟻，大有排山倒海之勢。紅鼠們迅速地擺成一個巨大無比的陰陽八卦陣。鼠王一聲呼哨，鼠陣開始依次變化，將大千世界種種景象，人生萬種情由都囊括於瞬息萬變的八卦陣中。大山的最後靈脈見此陣勢，不禁心灰意冷，從根至頂，頹然而傾。鼠輩們不知變化亦在自身，仍瘋狂地演化萬物。山塔將一個完整的陰陽八卦陣埋在了下面，形成了一座扁平的山丘：紅鼠從此絕種，而百獸又獲得了一個嶄新的家園。」

不知不覺，天空的大部分藍色被淡灰色的雲遮住了。陽光在漸漸黯下去。兩個小時很快就過去了。他始終沒有向我「交代」我的愛情命運。分手時我真想讓他擁抱我：我怕我們不能再見面。

短暫的相會之後，又是漫長的兩天兩夜。星期天的早晨，天氣陰沉沉的，不久又下起溼冷冷的秋雨。我站在窗前，幾乎嗅到了冬天的氣息。

我的額頭和鼻頭滲出一層細汗：已經是十一點鐘，他還是沒有來。秋雨大了一陣，又變得淅淅瀝瀝。我默默地站著，忘記了病痛，忘記了時間，也忘記了我自己，只有等待的滋味是那麼清楚、強烈、不容抗拒。

等待，等待戈多。等待，等待B。等待，等待時光流逝，等待新的時光迎面而來復拂面而去。等待。

庭院的雨地裡出現了一個高大結實的身影。他穿著紅灰色的大風衣，戴一頂同顏色圓頂圓沿的風雨帽，懷抱一束紅殷殷的鮮花，步履穩健。從樓上望下去，看不清他的臉，只感到他的身影和步伐有些眼熟。但飽滿欲滴的等待，立即把他彈到注意力之外。我幾乎看不清雨絲、庭園、大門、出入的人。然而，只要B一出現，我立即就能「醒」過來。這一點，毫無疑問。

我等待，等待著。彬彬有禮的敲門聲傳來。我知道那不是他，索性連頭也不回。同室的娃娃病友打開門，傳來一個粗重的聲音。我渾身一陣驚悸：肉體的反應遠遠快於意識，它知道他占有過它。我轉過身，見他紅灰色的帽上、肩上落淋著雨滴，有些在下洇，有些仍完整地沾在纖維的毛絨尖上。

我竟然有些感動，心肌酸了一下。在一個仲秋的雨天，在病中，在期待別一個男人的時候，他來了。他是一個意外。他不是戈多。戈多在舞臺上是永遠不會出現的。

我請他坐。他把一整懷的紅玫瑰獻給我。他顯得很高大，像個長輩。旁邊的男孩兒好奇地問：「先生，您是他父親麼，為什麼現在才來看他？他夢裡總在哭。」他坐下，規規矩矩的，學生似的，轉頭對娃娃病友笑一笑，問：「我送的花漂亮麼？」男孩兒點點頭，沒有再問下去，他的注意力被人巧妙地轉移到花上了。

他說，他去學校找過我，才知我受傷住院。他說我應該打電話通知他，他會給我轉入一家醫療條件更好的醫院。我微微皺起眉頭：既是對他的殷勤拿不出恰當的反應，又是在抗拒即將產生的、由脆弱引起的溫情。眉宇間微小的動作幫助了我。我說：這裡已很好，再過一段時間就想回家去住，反正這種傷總要百天才能完全好。他說：他已交給醫院一張空白支票，我盡可以住下去，直到傷好為止，不必考慮醫療費用，這也算給他的機會。

我拒絕了。無論如何，沾他任何一點點「實惠」，都會與十六歲的往事聯繫起來，好似自己在十六歲時便擔當過「大快活」中的「橡膠美人兒」，只不過收繳嫖款是在多年之後而已。

天使把純潔植入我的天性。人間想把它消耗掉，而魔鬼想把它偷走。人的一生會失落很多很多寶貴的東西，包括愛，包括親人，而美好的人性是可以伴隨終生的。我也許無力保護我自己的生命，無力決定自己的命運，但保護天性的純淨透澈，我應當有實力。

他沒有坐多久，就起身告辭。他答應下樓時去取回支票：他願意尊重我。

我再次站到窗前，忽然感到自己很老，兩鬢蒼蒼的樣子。庭院中的霏霏秋雨中，一位富有的男人也同樣老，他穿著紅灰色的風雨衣走過雨地。他是B，是爸爸，是A，還是A的爸爸？

錯亂的神智既辨不清別人，也辨不明自己。年齡、輩分、人物，全被我混淆了。瓶中的康乃馨已經萎敗，另一只瓶中的紅玫瑰卻紅顏正好。B送我這麼多紅玫瑰，是不是象徵著他對我熱烈的愛呢？不，不對，它們是另一個高大男人送你的，是A或A的父親，不是B。B送你的是康乃馨，它象徵溫馨雋永的友情。

人近黃昏，窗外的雨已經完全止息。庭園中的人影增加了許多。他沒有來，不會來了。站得腿已經麻木，我還是不想離開窗前。我既為他擔憂，又為自己悲哀：會不會出車禍，會不會被流氓圍打，會不會被W糾結黑幫將他毀容或閹割……

打開的秋窗就似一個樓上包廂，我的頭和身從中露出來，觀看著自己的等待、幻覺和失落，並欣賞著它們，品評著它們。一座舞臺在醫院中庭的半空赫然展開，直鋪向雨後淨朗的黃昏天際。上面表演著作著噩夢的我和作著美夢的我。無論如何，看到他們的掙扎和扭曲，同看到他們的雀躍和擁吻，都同樣令我百感交集。他們攪動著我的心，攪得我好難過。我回到床上，把被子蒙在頭上。

深秋時節，B接我出院。那一天我記得很清楚，是十月二十五日：空氣清新而寒意襲襲，樹木已是枯葉落盡，天空高曠得發出青白色，陽光的冷峻意味令人感到幾分壓抑。

B幫我打掃乾淨房間，然後提議到外面去吃晚餐，晚餐之前的這段空閒時間，他想同我「好好」談談。

我為他沏上茶，自己也沏了一杯。我已完全能夠自理生活，左眉的傷口已癒合，左小臂的石膏已拆掉，可以幫助右手做一些輔助性的活動，左肋還時時癢痛，不過，已是再生的感覺了。

我們面對面坐好的剎那，親密無間的狀態倏然溜到了桌子下邊，代之而起的是陌生的嚴肅和尷尬。他僵硬地動一動右手，像一位剛剛當上將軍的年輕人，不知怎樣向部下發表演說。這一下，我反而將上湧著的熱血導歸正常的流通脈絡。談話雖沒開始，我已知道一切美夢都已過去。

「我想說的是，你的信我讀過了，讀過很多遍。我很感動，老實說。儘管我同三、四個女人有過特殊一點的關係，但是我一生中遇到的第一個真正愛我的人，是你。我很感動，也很想接受這份真誠熾烈的感情。無論如何，這畢竟是第一次，對於你，也是同樣。人生還很長，但也很短，誰能擔保以後還會不會得到這樣的愛呢？我珍視它，十分十分珍視。但是，我又不能不把這封信退還給你。」他從懷中掏出一只皮夾，從中抽出我寫給他的那封信，用雙手遞到我的面前，輕輕放到桌上。他的眼圈兒紅紅的，說：「雖然這不是誰的過錯，但我真想對你說——對不起。」

霎時，淚水注滿我的雙眼。我用上牙咬住下唇，擺擺手：不用說了，一切我都明白。我的頭不能動，只要微微一動，淚水就會成串成串地掉下去。

「請允許我講清我的想法，不然我就會被固定在此時此刻，而無法與時光共行。」他停頓一下，繼續說：「你受傷之前，我知道你喜歡我，而且特別特別喜歡。真的，我也同樣特別特別喜歡你，喜歡你的溫柔、你的沉靜、你的多愁善感，甚至也喜歡看到你文雅的一舉一動。我們是最好的朋友，我們都遠離親人。但我沒想到，你不是把我作朋友。我看到你的信，不再能找到自己的位置，在人群中和在內心裡都找不到。如果是愛，我沒有在愛。如果是被愛，我又只能感受而不能接受。突然我感到自己什麼都不是，既不能愛也不能被愛，兩種能力同時喪失了。我不能長時間地面對你的感情，它使我失去了全部位置感。我雖然剛剛十九歲，但已習慣男歡女愛，這種習慣是在血液中的，是天然的，同經驗沒什麼關係。同你在一起，我們怎麼上床、怎麼做愛、怎麼生兒育女呢？」

淚水已滾滾滑落，打溼我面前的信封。我感到雙手空空，心中空空，很想抓住點什麼東西，不讓自己沉落：右手下意識地接近信封，把它抓住，死死地握在手心中。我閉上眼，手中的紙團沾著淚水，溼冷冷的：我抓住了一棵稻草，我不敢睜眼，怕連這棵稻草都從手中失落。

「除去你，我沒有好朋友。我很珍重你在我生命中的位置。如果可能，我們作朋友，作最好最好的朋友，行麼？我知道，這對你或許有些殘酷。可是，我得尊重我自己。假如我勉強接受你的愛，對你對我都不真誠，也不可能有真正的歡樂存留於我們四周。」他說。

我只能任淚水從心中湧上眼睛，再從眼睛落到胸前。

「我瞭解你，不止是你的身世，主要是你的內心。但心心相通並不一定導致愛情。我是多想愛你，好好地愛你，讓你的孤獨和柔弱都溶化在我的愛中。只是，它不聽我的調遣，我調動不了它。它在等待另一個人另一些人，但不是你。我對自己無能為力。請原諒我。」講到這裡，他突然停止談話。我聽到極為微小的唏噓聲從對面傳來。

不知過了多久，我有足夠的堅忍睜開眼睛的時候，我看到他把頭側轉著面對窗外，一動不動。他似乎察覺了我睜眼的動作，轉回頭，伸出雙手緊緊握住我的右手和右手中的紙團，真誠地說：「作我的朋友罷，行麼？」我舉起右手，使他的雙手湊近我的臉。我用淚眼、用嘴唇、用腮、用額頭將這雙手吻了又吻。

我的五官和右手都已承受不住我近乎瘋狂的親吻慾望。我停下來，凝望著他的雙眼。當我能說出話的時候，我說：「最初到最後，上帝給了我許多機會，而我誤會了天意，我以為那是愛情的機會。我已無力把我拉到另一個地位，以朋友與你相處。我相信那句俗話：一旦愛上，就會永遠愛下去。我也習慣了我自己的血液。我把自己看成你的異性。你不接受我。我不合格。我能做的，只是愛你。我不能說我一生一世只愛你一人，但我深深地知道，我會用一生一世愛你。請原諒，我不是你的朋友，第一次見面的時候就不是，現在更不是。」

他把手慢慢打開，露出我的右手。他把手慢慢收回到胸前：他在慢慢離我而去：某種宿命和因緣在他放開我手的時候已然完結。

晚上回家，我躺在床上，妻子攏過來。我們擁抱、接吻，然後分開，各自占據床榻舞臺的一半。我們每週一、週五做愛，今天不是做愛的日子。我試著進入假眠，想「從此世回到前世」。可是，身上的被子無論如何不肯衍化為一個人：我期望它變成一個少女，也許我不會愛上她，但終歸一個美麗的少女會給人帶來感官上的愉悅。但是，被子還是被子。在夢中，我清醒地意識到，被子的另一半覆蓋著我妻子的軀體。

早晨醒來，我既沒有會見過來生，亦沒能歸回前世。唯一不同的是，我感到仍在安睡的妻子比往日有些許陌生。

我悄悄地走進浴室，把水開得很小，靜靜地洗著淋浴。我檢查著自己強健的身體：除去下腹微微隆起外，它還像年輕人一樣。我在水注中做完一套自編的早操。奇怪的是，我不似以往那樣對自己的身體和心情感到滿意。

我突然想起，昨天下班前忘了囑咐夜班醫生在葉紅車需要的時候為他注射杜冷丁，或許他此時正在病榻上受著劇痛的煎熬。我感到一陣陣不安。我沒有吃早點，也沒有向妻子和小貓道別，就匆匆趕到臨終關懷院。

葉紅車正沉沉地睡在他的最後一張舞臺上。我望了他很久。我想從他的臉上讀出些不同尋常的內容，但我一無所獲。我只能重複他的話，說他像個嬰孩兒，此時此刻在扮演著一個超現實的角色。至於他講著什麼樣的臺詞，有怎樣的內心活動，在同什麼樣的神或人會見，我一概不得而知。

他躺在病床上，宛如躺在一座潔白的舞臺上，從晨至昏，從夜半到黎明，扮演著生命歷程中最後一個小角色。從他的立場出發，我會認為：床榻是一個自由的天地：人可以睜著大大的眼睛凝望夜幕的幽暗，恍若正在通過冥府的大衢，去往天堂，也可以假眠，在其間似是而非地想念前塵後世，有時睡得如同死去，有時夢會來，有時醒會來。總之，這是一道人生中最左右逢源的心智地帶。在這裡，生或死、夢或醒的世界可以淡化直至成為煙蹤霧影，也可以強化為末日般的狂歡或者哀痛。這也可以是很好的訓練：躺在棺木中摹仿死亡，練習日後如何適應漫長無止境的消亡境界：床榻使我們對死亡訓練有素。

立於他的病榻前，我突然發現人類的另一種聰穎，它正集中於眼前五尺短長的床塌上：用這一道具，人把前生、此世和來世連串在一起。他也許什麼都不肯丟失，什麼都想記憶，然而軀體的容積畢竟無法保存那樣長久而沉厚的時空內容。於是，他使用隱喻和象微的手法來分段儲存生命釋放的煙塵：夢通往前世，醒分管此生俗務，睡眠則充任來世的信使：由它到超紅塵的來世作一番勘查，然後溜回體內，卻絕不將任何一點消息洩露給這具骨肉生靈：軀體恰恰是它將要拋撇在此世間的東西，靈魂不能帶著沉濁的血肉之軀涉入未來之境。

他躺在床上，猶如一個天真無邪的嬰兒，剛剛出生到人世間，對塵埃一無所知：在終死之地，無數人這樣躺著踱向死亡。無論是良善無瑕還是作惡萬端，無論性情懦弱終生受辱，還是飛揚跋扈、暴躁如旱天之雷，每個人都會在床褥間返樸歸真般地進入睡與夢的恬靜與安詳。它給所有的人以休息的機會，夢的機會和睡的機會。無分貴賤美醜，無分智與不智，它平等地賜予人們以生死交融、渾然一體的化境。在床的四周四沿，集中了現實的力量和想像的力量。

在他的故事底下，床扮演著大地的角色。這是一片純屬他個人的、隱祕性極強的大地。他在上面夢與想，在上面尋找通往來生的道路。此刻，他在他獨自的大地上歷經此生此軀的最後一份光陰。他躺著，緘默地守著往事的水井。那口井的蓋子不過開張了一條縫隙，許許多多更私隱更深奧的事件和內涵還躲閃在幽暗的水光之中。

大學的最後一學期，我陷入了全面的困境：一個又一個希望在空氣中破滅，時光的從容步態令人難以忍受，孤獨不再給我以滋養，靜夜令我生畏生懼。臨近畢業我才發現，在我個人的歷史上，缺少一個父系氏族時代。現代社會體現著父權主義的力量，而我遠離現代，我在現代找不到我的位置。現代人——從我最愛的A和B到我的所謂「情敵」的C，都拒絕我，或者說我「拒絕」他們。我多想同現代人一起進入現代，過上「思想與通姦」並行不悖的生活。我多想遠遠脫開母氏的影響，為父權社會效力，或親掌父權。然而，我缺少這種本能：本領可以因學習而掌握，本能卻絕不可以因注射荷爾蒙而增加或者減少。我體驗到厭倦。我厭倦書本，厭倦床榻，厭倦對A和B的思戀，厭倦回家的感覺，厭倦往事和未來……我對一切都心灰意冷。我想打起精神，卻找不到厭倦的癥結。

V與C之間時時爆出戰火。C遷怒於我，認為V對我舊情不忘。我麻木地對待他的目光、尋釁甚至辱謾。望著他那張被情慾鼓蕩著的英俊的臉，我會可憐他。我疲倦地衝他笑。他以為我在嘲笑他，不顧一切地衝上來將我打得鼻青臉腫。奇怪的是，他自己也弄得鼻血泗流。我們一同去醫院接受外傷處置。出門時他向我道歉，並請我去吃晚餐。我則一口予以回絕。

幾個月的麻木失衡狀態，在皮肉的酸楚下有所鬆動。純粹的個人生活中形成的「父性缺乏症」，受到暴力的侵犯後似乎得到了緩解。據說每個男孩子都要受到無數次粗暴的男性怒吼、暴烈的訓斥打擊後，才會奮起反抗，喚醒搏鬥的精神和征服對手的慾望。他們後來長大成為男人，就是靠了童稚中的反擊衝動。

當C衝上來打我的時候，他穿著時髦的城市流行裝，卻似乎紮著一條野牛皮的寬皮帶：那是我父親的皮帶。他的拳頭很快打碎了我的幻覺。他根本沒紮什麼野牛皮的寬腰帶：他的西裝上衣遮住了腰部，即便揮舞拳頭也看不見腰帶部分。他打我的時候，我奮力反抗，胡亂舞著手臂，並有一掌打在他的鼻子上，他的鼻子是我打破的，他的鼻血是因我而流淌的。

做了一世男人，由我擔綱演出的暴力場面只有這一個。在這個暴力、色情和戰端愈來愈多的世界上，我總是不合時宜：知識時髦時我在賣菜，愛情受到推崇時我孤身一人，金錢萬能時我家徒四壁，現代工業文明發達的今天我從不看報紙和電視：我似乎在迴避那個歷時久遠的世代，那男權主義的世代：我廢置我的陽具：棄止男權主義和生殖崇拜的明喻符號：我不做「澈底的男人」，也許是不想與那由來已久的世代共謀。

在我們這個世界上，感情愈來愈遠離人類。像我這樣刻板於工作、家庭的人和那種刻板於名利的人愈來愈多。人群在追逐兩種生活方式：穩定和刺激。它們都與愛有一定距離。愛濃厚如血，舒展如江山，深刻如海瀾，恰恰處於穩定和刺激的邊界之外。金錢和名譽既可以滿足穩定的欲求，也可以換來無窮的強刺激。然而，我開始相信愛是一種才華，一種天賦的才華，上帝只挑選擅於瞭解他的憂鬱和悲憫的人賜予此種天賦。葉紅車被選中，而我被棄置一旁。我的妻子呢？還有我的兒子小貓，他被註定去追名逐利還是真誠地去愛呢？

屈指算來，我已整整四十年沒見過他啦。如果還活著，他正是六十歲，一定兒孫滿堂了。他天生是離不開女人也招女人的人。他的一生，會有很多很多人陪伴，熱鬧自不必說。但是我也知道，他未必有真正的朋友。他的男性魅力，會使同性嫉妒他、恨他或恭維他，而使很多女性為之傾倒。他很少有機會得到朋友。他可能一生中唯一選中過一個朋友，那就是我，而我卻在愛著他。

有時，我會編出很多關於他的故事，諸如他去西班牙，恰逢那裡過番茄節，美麗迷人的西班牙女郎將一筐筐、一車車成熟飽滿的番茄砸在他的頭上、身上，直至他渾身紅色漿汁地被一位肥碩的西班牙少婦抱去醫院，像那部義大利電影《阿瑪科爾德》的一個片段。我最喜歡的一個故事是這樣：年老的B無家無室，進老人院的第一天就被一群人團團包圍住，有人向他討一個飛吻，有人向他要一根白鬍子，有人在咬他的耳朵垂兒，有人拉開他的褲腰偷偷向內窺視。他只好向眾人作揖，用低沉而蒼老的聲音說：「謝謝，謝謝，演出到此結束，明天這個時間我再來為各位做精彩表演。」他殺出重圍衝出老人院時，身上的衣服已經被撕成碎片。他一絲不掛，用手遮著陰部，鑽進了一輛計程車。

當然，在四十多年前的那個下午我可不會預想到日後會以如此愉悅的心情去想念他。當時我的心只是一味地痛。由情感、精神直至心靈發生的痛楚，撞擊到心臟上，波展於全身。那幾乎是一種物理性的悲哀。我那時才發現，悲哀是一種物質，而失戀在某種意義上也可以視為一種物理現象：失戀與否，不過是由你所戀愛的對象允諾或拒絕來體現的，允諾就意味著他留在你身邊，拒絕就意味著他離開你。愛的成功與否，不就是愛人的物理位置被填充或依舊空缺麼。

從「塵世伴侶」中走出來，我愁腸寸斷。那是我和他單獨在一起的最後時光。

夜晚的城市，燈影憧憧，人影憧憧。從下一個時刻起，我的人生就翻向另一個篇章。B的身影還會寫在重要的位置，但必須注明：此人物只在想念和回憶中出場。在上一時刻，我們坐在「塵世伴侶」中，默默地吃完「最後的晚餐」。他和我都沒有想到，我們「塵世伴侶」的姻緣如此短促。

我幾乎想委屈求全，違心地說：我是你的朋友。我幾乎願意相信，有一天他會後悔，會跑遍天涯來找我。我幾乎想恨他，強迫自己挑出很多他身上根本不存在的毛病，以抹煞他照耀在我心中的光輝。然而，這些都不會成為事實，它們的資格僅限於假想。只要一邁出「塵世伴侶」的門檻，我們這對特殊的、一直存在著錯位的「伴侶」就要分道揚鑣。我不願如此，但又不能不如此。

現在，我們已站到「塵世伴侶」的門檻外。我想拖延分別的時刻，又企盼那一刻已經完成。

他揮手召喚一輛計程車。駛近時我們才看清那是一輛全城最破最老的汽車。車門打開之前，他猛然將我緊緊地擁抱在懷中，久久地抱著我，把臉頰緊壓著我的臉頰。我能聽到和感到他的氣息溫熱地襲過我的耳輪。我幾乎沒有什麼反應，只是順從地依偎著他，像一頭溫順的羔羊在牧人的懷裡。

車門已經打開，等著我們。他仍緊緊抱著我。我在心裡禱告：讓他留下來，不要離開我。他在我耳邊說：「當你不再愛我的那一天，請千萬來找我：我等著你，如果你是朋友！」說完，他將我推開，然後扶送到車後座上，猛地用力地洩憤似地關上了車門。

又老又破的車開走了，一路留下馬達不情願、不耐煩而又勞頓不堪的噪音。我透過蒙著灰塵的後車窗，看到他仍呆呆地站在「塵世伴侶」前面。呆呆地站著，似乎要到永遠。四周是夜、城市和逝去的往事：這多像一部愛情電影的結尾。我沒有流淚，只是心中一片空茫。

想想那種情景，已有四十年歷史的情景，真像一卷燙金的經典翻開在最後一頁。它不再重演，也不會消失。年深歲久，它的光輝愈發不可磨滅。我幾乎懷著得意的心情擁有著這部典籍。從第一行，起於嵯峨野，到最後一行，結於塵世伴侶，我的生命因為擁有它，由平凡而進入輝煌。

他離開我，永遠地離開。在離去之前，他將我帶入經典中，愛情的經典中。儘管其中的線索始終是錯亂的，愛與被愛始終沒有發生反響，更不存在通常愛情意義上的後果：由情愛到性愛，由性愛到生育。在我們之間，一切都沒有發生，沒留下任何紀念品。我們只創作了一部不朽的作品，共同創作的稀世珍品：沒有什麼人可以讀到它，任何人都沒有這種特權：也沒有人可以仿製贗品，無論多麼高明的能工巧匠：它絕對專屬於他和我。

你看，我正在從心底向面部的皺紋發送微笑。我這種人真真不可救藥。往日的失戀和痛苦，竟然被當成精神的珍寶。我賞玩不輟的，竟然是失敗的愛情。我還把它展覽給你，想讓你分享我失戀的幸福。

不過，我真的很懷念當年。當年，透過車窗，我眼睜睜地望著道路，行人和燈火將他掩沒。我只能愛他，而無法阻止那最後一頁也被秋夜無情地翻過去。

我一生都在撫摸那段往事的封底。它在桃紅色的布紋紙上燙著美麗的金線。至今我仍抵禦不了它對我的魅力。

請不要以那種微笑的目光望著我罷。你一定認為這個故事不會就此完結，是罷？我知道你剛剛看過那部義大利的電影，你以為在以後的故事裡，肯定會有中尉B重返希臘小島，與士兵葉紅車共同生活的情節。不，不對的，這裡不是愛琴海，生活也不是電影。不過，我可以先告訴你，在我年至半百的時候，我認識了B的兒子。他就像當年的B一樣出現在我的面前。上帝呀，那個時候我緊緊抱住頭，以免自己暈過去。當時，我已準備好孤獨而平靜地度過有限的人間歲月，可是人間喜劇又給我分派了又老又新的角色：人不到最後一息，就得不斷扮演他想演或不那麼想演的每一個角色，直至最後扮演死亡的軀體和面目。

那是一段普通的月虧星明之夜。月城已在迅疾收拾它的繁鬧。寂靜似乎在從他的病房向全城擴散。我走進去，看到他的面頰在燈焰中煥發著末日般的衝動和歡喜。一種類乎胭脂的色彩正從生命的基業上一點點向他的臉上浸潤。他輕輕轉過頭，在枕上很美妙地看了我一眼，笑了一笑。生命的最後時刻，他變成了一顆星體——通體明澈、閃閃發光的星體。在人世夜空停留的最後一瞬間，他以一種義無反顧的燃燒姿態，焚毀著人間全部的光陰、渴念、辛勞、愛和恐懼，焚毀著快樂和絕症。

燃燒在不斷加劇。火焰從體內舔紅了他的雙頰：兩朵生命花蕾在迅速向耳際開放。我禁不住想起那條將他父親的影子、A、A父與B捆在一起的皮腰帶，想起他的愛、忍耐和失落。我幾乎可以猜解出他沒有講完的故事：有一天，他與A邂逅重逢「鴛夢重溫」；有一天，他發現那個易於衝動的C與他對於「男人」的認識相重疊；有一天，他已上了年紀，在他任職的圖書館中，他見到了B的兒子，並且再次墮入情網……我知道，他的故事不會跳出這個人生圈套。

按照他的示意，我將一面鏡子和一管唇膏拿到床邊。他顫抖著精力衰竭的手，將桃紅色的唇膏一點點向唇上塗抹。在鏡中，兩片乾癟的嘴唇漸漸豐潤起來，童年、往事、青春似乎都以口紅的形式凝聚在生命的那個部位上，在那裡滯留，如同光陰在記憶中駐足不前。

雙頰的花朵在漸漸褪色，嘴唇上的桃色則在漸漸擴大，像漣漪，隨著唇膏的尖頂一環環向耳根蕩漾，直至形成一個無可更改的性感而蒼涼的符號。精疲力盡的手從唇膏上脫落下來，落到床褥上。唇膏的管狀體從嘴唇上滑落下來，落到蒼白如紙的病頰畔。他最後一次闔上了雙眼，恍若敷過白粉的臉上，一張擴展到腮部的桃色嘴唇凝凍成一種神祕莫解的愛情話語。

遵從他的遺囑，我和妻子攜帶著他的骨灰來到月城的郊外，五歲的兒子小貓穿著節日的盛裝同車前往。那又是一個普通的月虧星明之夜。冬天的清風砭人肌骨。隨著一陣禮炮的大聲響，他同他身體的殘燼和生前的全部歲月一同射上星空，迸裂，四散，化為一陣星雨，打溼了月城的夜晚。妻子毫無表情地看著我們荒誕不經的動作。我不禁悲從中來亦喜從中來。我彷彿看到一張馬戲小丑的闊嘴唇畫成桃色在空中飛舞著，脫離了粉白粉白的面孔，獨自飛舞著，似哭似笑。小貓拍著小手，仰望著禮炮的聲響和夜空中唯一一朵轉瞬將逝的焰火，發出陣陣歡呼。他的聲音，在禮花的尾光之後仍久久不息。

III 內衣之內

年華不居，日月如流。二十五年之間，幾個時代跳躍著隱入時光的幕後。我的兒子小貓，不聲不響地拔高了身體，離開月城，漂流到船城，臉上掛著沉默的微笑，靜悄悄地獨居著。出任臨終關懷院長的十年中，我幾乎沒有見過他的面。當他以三十歲的面貌回月城探親時，我看到的是一疊小提琴比賽的獲獎證書和他左耳輪下端細細的金質耳環。一大片雨雲在重逢的瞬間便爬上了我六十歲的心靈。望著他耽於沉思的雙眸和耽於肉慾的雙唇，我把一切聲音都吞回胃裡。直至一個夜晚，我意外地撞見他畫了一張桃色的、小巧俏麗的嘴唇同一個男人對坐在酒廊的窗前共飲。

爸爸，天快亮了，你還沒睡，在等我？我去見了一個老朋友，十年不見了。為什麼塗了唇紅？這樣很漂亮，不是麼？朋友，當然是個男性。接吻？接吻是理所當然的儀式。進一步的行為，你是指相互撫摸，還是口交，或者肛交？

你搧我的耳光。你是父親，有不滿意兒子的義務。但願這是第一次，也是最後一次。我是藝術家，心靈純潔，琴技精湛。倒錯的慾望有什麼不妥，既然是天然狀況，就是真樸的境界。我無力去為自己去更換染色體，也不想。請息怒，我們都是男人，同性之間的溝通應該比異性之間容易得多：我們不僅本質相同而且形式一致。

我不否認，我熱愛肉慾。它是生命的根基。我們必須通過保護它或者毀壞它才能獲得快樂。它同你推崇的所謂情感和精神一樣實在而又虛無飄渺。它要時時尋找固定自身的外力。對於我，另一個男人的軀體就是我的軀體停泊的口岸。這很合理，就像你在我媽媽或別的女人那裡找到河岸一樣。

你很震驚。我對你的震驚一點都不覺得意外。你所期望於我的形態和你所以為的我的存在方式，根本上就是虛擬的鏡象。對於我，它無影亦無形，根本不可能構成事實。你眼中只有形形色色的生活場景的外形外色。我則透過物質的表層追究深層，儘管我能把握到的也許只是表層內的另一層表層。

你問我通過什麼方式？很簡單，最基本、最本能、最簡潔便利的方式——做愛。當一個不屬於自己的器具從某種角度進入你的身體，你就會發現肉軀與你自己有著很大的距離。同那個器具發生摩擦碰撞的，不是你自己。你躲了起來，躲進了「空洞」的深處，在那裡悄悄地、冷靜地觀看。你會看到同一個男人，同一份器官怎樣在幾分鐘或幾十分鐘內被激情所鼓蕩，再為激情沖洗得只剩下一片皮囊。如果自己充任那個人物，便沒有機會躲入深處，也不會獲得那種明晰的觀察能力和分析才華。是的，我總是扮演0的一方，在床上，這樣我才會既接近床又接近他。我需要這種感觸。上下都有物質的壓力，他向下，床向上，雙重的壓迫。我是「空」的，有時我渴望自己的「空」被擠壓，只剩一片薄膜。

你已經不那麼怒不可遏，這樣對你有利，你應以放鬆的姿勢面對人間萬象。我麼，不會受你怒氣的衝擊，儘管那其中同樣散布著男性的物質顆粒：我只對我同齡的人發生反應：我們正當成熟的時季，我們的「空」已完全開放，完全展露，無遮無掩。

什麼是「空」？一個概念，也是一個形象：肉體的、物質的，也是超物體的、超精神的、超靈魂的：我由一連串動作想到這個主題：一連串帶有重複、反覆重複性的動作使我愈益關懷這個主題。什麼動作麼，當然是男人與男人做愛。

你又瞠目結舌。月城與船城之隔不過萬里。我與你不過十年未見面。我們雖是很不同的男人，又畢竟都是男人。我們之間的壺隙很大，大得無際無邊，又很小，小得近乎於零。男人和男人，是重版的亞當。只不過，亞當活了九百三十歲，而他的重版讀物連九十三歲都難以成全。對我，你不該大驚小怪。你能與一位喜愛男人的病人作朋友，為什麼不能同我也作？我如何知曉？我坦白：上小學時，我偷看過你記在病案紙上的一些事件、一些人物、一些感動、一些論調。朦朦朧朧，我還記得自己參加過一個葬禮，將骨灰用禮炮埋進夜空的葬禮：後來我知道了那些骨灰的來歷。你在天空中埋葬了他。他是你的朋友，你的另一片翻版。我也同樣，我還活著，與你共同參加過那個儀式。你卻排斥我，如同異物進入了眼睛。

你以為沒人讀過那些紙片，我讀過，雖然只是用小學生的目光。

你在望著我，而內在的目光已轉向另一個世界。你看到我，同時又看到他，看到他講給你的、下文不明的故事。只要你願意，我也有我的故事，充滿哲思和肉體的程式：很健康爽朗的故事構架，既古典又現代，既刺激你的官能又掀動你的思緒。你會有臨風臨雨的感覺，我的小提琴就給人這種享受。怎麼樣，想聽不想？

蒼老的液體，在黎明中湲湲潺潺地環流在體內，帶著半冷半暖的意味。一向沉默寡言的兒子，放放蕩蕩地為他的生活發表了一篇序言。它與他作為讀物的葉紅車之間，也許有某種「遺傳學」或「遺產學」上的連帶。這是我嗅覺過敏的反應麼？

我已清楚地感到自己的侷限。我以我的侷限來面對他，認為他坦蕩得肆無忌憚。對肉慾的直言不諱，為他們的放蕩和變態塗上了猖狂的辯護色彩：這是外衣，藉以掩飾醜陋的淫慾，還是武器，藉以戳穿社會規範、習俗規範的紙衣？

我不能不對他說：你講，講你的故事，講你的經歷，講你的思想，講你的慾望罷。可是他說，他要去睡。他請我不要打擾他，他累了，因為他剛剛遇到了一個強健的對手。「等著吧，晚上我會醒來，臉上的疼痛也會痊癒，晚上講我的故事給你聽。」他丟下這話走進他五歲起獨居的小屋子。

那是一段普普通通的月虧星明之夜。船城已在迅疾收拾它的人群、汽車和音樂中的噪音。寂靜正從我的小提琴音箱向全城擴散。兩支燭火燃放出暖暖和和的光亮。忘了是什麼季節，也許是秋天罷。A走進來，瀟瀟灑灑而又情慾十足地走進來，靠近了我。我們同時笑一笑，我們在笑中相互融化。

鑰匙串響了一陣，靜掛在反鎖的門上。燭被熄滅，明淨的玻璃透進清冷冷的夜色。在拉攏厚麻布窗簾的瞬間，我望了望星空。幻想視覺在那一瞬間見到一個與我同齡的少年坐在秋風裡，用一大張五線譜紙記錄星群眨眼的頻率和斗換星移的宇宙旋律。

長將及地的麻布窗簾成了我身後的幕布。在黑暗之中，我突然以黑暗為鏡子看到自己一絲不掛的身體。我斂住幻覺中小男孩兒引起的詩意，下意識摸了摸外股。手告訴我，質地柔軟綿密的衣服之內才是裸體。

他已點燃一支菸。在菸枝頭部的火光後他問我為什麼撫摸自己：黑暗使肉眼失明之後，還有無數雙感官的「眼」睜著。

我的右手被猛然拉住，引向他的中心：粗厚的牛仔褲裡，包著一件英姿勃發的物品。我的髮梢上迸出一句臺詞：雄壯的夜。隔著香菸的一點火光，他與我面對面。手有力地握著我的手，傳導著一個不容違抗的指令。

我的右手半自動半被動地在牛仔布外描出它膨脹的體態。手指被摩擦得微微有些疼痛，想縮回來，反被抓得更緊。隨著他的呼吸，我幾乎可以聽到手與布料摩擦的速度和力度。突然，他抱住我的臀部，滾燙的唇和涼絲絲的牙同時貼住我燃燒的嘴唇。

一陣陣痙攣般、被無數針頭刺痛般的快樂，通過枝枝植物神經傳達給神智：它與肉體同時在經歷被愛，但是，它借助遠處的一陣人語，很快從那雙結實有力的大手下溜出，旁觀著黑暗中滾翻在床褥間的兩具情慾之軀。

他用英語哼起一支美國歌兒。兩人都已赤身露體。他粗啞的歌聲引來無數浪漫愛情的映畫鏡頭，在屋頂的空間翩翩飛舞。他已雄踞於我細膩的裸身之上，渾身泛著暗黑色的光，十六歲的我則一片潔白。

它抽身的一瞬間，一股強大的虛空感襲擊了我。他說我是「空」的，無有盡頭。我問：她呢？他說：不是，不，也是「空」的，不過不一樣。

A點燃一支香菸，認真地吸起來。借助火光的一明一暗，我看到他的臉失去了素日的剛野之氣。某種火焰熄滅了。被片刻平息的是生命的怒氣。沒有錯，他也是空的。它是一支筆，把我固有的空描畫得格外確切：「空」的，永遠到不了頭。它的四周是無限的空。它渴望觸碰那「空」的四壁和穹頂。它成功了。通過描畫我的「空」來完成對自身之「空」的描畫：我的「空」即是他的「空」，他的「空」在我之中。

我偎在他的胸前，抱緊他。皮膚上和骨髓中流淌著美妙的疲乏。恍惚間中他已蒼老，白髮皤然，筋骨無力，肌肉盡銷。我更緊地抱住他：「空」是什麼，什麼是「實」？

它再次迫近我的雙股、下腹、雙胸，直逼我的雙眉：它以它的物理性存在，抗議我思想的思想性存在。它面臨一場全新的戰爭。它自信，它能夠驅逐精神，保衛甚而擴張官能的王國。它拋給我一個命題：空。「空」直刺入我的思想，像一支陽具，不停地滋長，不停地抽搐，企圖達到思想的終極之膜。「空」的命題取代了陽具的專利權，它本能地意識到這一點，怒氣洶洶，重開沙場，欲奪回被篡奪的王位。

空。永無盡頭。生命是空的，抑或終有盡頭？「空」可以填塞麼？死亡終將填滿生命麼：死亡，永無盡頭？死亡＝空？生命可以填塞滿生命麼？

我的牙齒產生一種慾望：輕輕地咬它與一下咬斷它會是兩種不同的語式。前一種語式會提醒這個傑出的大演員：所置身的舞臺存在多種戲劇性因素，可能讓它扮演英雄好漢，所向披靡，亦可能讓它扮演失位的君主，所到之國城關緊鎖，也可能讓它飾演悲劇騎士，被推上血淋淋的斷頭臺。後一種語式簡明扼要，直接展開一個以暴禦暴的血腥場景：它扮演的是侵入者，結局是有進無退。

空。**空隙**。口腔裡也存在一個等待填塞的空間。○。我的**「空」**很多。◎。它的機會也很多。○。◎。◎。**空**，也許就是機會。它也是我的空的機會，我的空同時得到了被它穿刺的機會。

躍動中的魚。跳踉的狼。下山的猛虎或豹子。當大狗熊在樹洞中越冬的時候，牠的身體一定很溫暖。

空，空洞，空空洞洞。空空洞洞。空洞。空：目，咽喉，耳，鼻，雙股，肛門，心：空，空洞，空空洞洞。它們借助空，去接納光線、聲響、氣味、空氣，接納硬的軟的、固體的液體的事物。

子夜靜謐。幾乎能聽到群星閃爍的聲音。那個記錄星群的少年已在揮舞一根銀光閃閃的指揮棒，星體按照他每一微妙的手勢變化而運轉，並由弱及強，開始了一場宏偉而寧靜的歌唱：獨唱，二重唱，三重唱，齊唱，輪唱，合唱，領唱，大合唱。讚美詩般的聖潔和安恬，滋潤著我涼絲絲的皮膚，直至神髓。

船城音樂學院的操場上已空無一人。檢閱臺在夜光中泛著灰白色，我看到自己的身體登上最高一層，靜悄悄地坐下。剛才還在一個熱烈的懷抱中備受愛撫，備經顛簸，此時卻能孤身獨處，自領秋夜的冷意。我禁不住試探著用手指觸觸發硬的嘴唇，還是熱火火的。手背上，雙頰上的皮膚內部，依然暗燃著情焰的殘燼。

球場和跑道在俯瞰中，具有與白日迥不相同的效果。夜的深沉籠罩了它。它是「空」的，可以容納陽光，亦可以接納夜色。可以讓成千上萬的人從身上踏過，亦可以像眼前這樣空空蕩蕩。一種舒適的、愜意的感覺深處，剛剛消融的孤獨又在結成一塊晶瑩的冰。

秋風徐來。我抱住自己十六歲的雙肩。抱得更緊一些。抱得愈緊，我愈是感到空茫。他不再填滿我，我恢復了我的「空」。我以為可以控制他和它，像剛才那樣，或者說被控制。但這種關係在一瞬之間崩潰了：我捉不住它，它悄悄地縮小並且溜走。我也捉不住自己，捉不住自己那種「滿」的、「堅實」的感覺，捉不住那個被填實的自己。

在船城，兩年後，我又受到一次關於「空」與「實」的衝擊。它屬於另一個男人，修長的大提琴手B。因了它，我不禁為自己的「空」而快樂起來。我輕輕地提起自己的「空」，然後再輕輕落下：它極為敏感地追隨我的「空」的上升，怕我逃脫，又極為興奮地迎擊我的下落，怕我的「空」找不到支柱。

船城的夜好黑好黑，好長好長。B好細好細地欣賞我的那一種空，直至一輪白燦燦的太陽從東方升起。我開始自我欣賞，欣賞自己肉體的精譬和由這種精譬所衍生的另一種才能：思想和對肉體及肉體行為的哲學轉化。懷著這種自得的愜意，我獨自一人躺在床上。他剛才躺過的地方，仍散發著他的氣息，空著。我伸出手臂，用手臂的內側摩挲他留下的

「空」的輪廓。緩緩地，慢慢地，漸漸地，那輪廓愈形清晰，就像經過它描畫的我體內的「空」一樣。可是，我企望進一步瞭解這「空」，用意識去丈量其形態形狀，「空」卻突然變得模糊一團，混沌一片了。空：快樂的沙場：我只能給它一個命名，把它作為一個命題，或者至多給它下一個定義，而其本來面目到底如何，則不甚了了。空，只是抽象天穹上一閃而墜的流星，還是無限宇宙空間的物質恆在形式，是人的一種心理感覺，還是肉體距離？

當思想對思想的目標窮追不捨的時候，目標消失在思想的大霧之中，思想的對象和工具偶一露形即立刻隱沒。生是什麼，死是什麼，何為男人，何為女性，精神有形無形，肉體可滅而靈魂不滅麼？這些思想課題的答案紙上，始終留有寬大的「空白」：那是給思想留下的巨大的空間。思想因那空間那空白而獲得馳騁的自由。

「空」是一種自由。肉體看似縮小了「空」作為自由的外延，同時卻擴大了這個範疇在符號學意義上的內涵。一邊將這一概念具象化庸俗化，使之侷限為具形的洞孔或洞穴，又一邊將許多「孔」許多「洞」抽象化為「空」的參照物。被後現代化的思想，似乎又在返回貌似超凌一切的菁英主義絕頂。

你是個男人，口口聲聲說自己是個男人，另一個男人替代你進入你自己的身體，你的男性豈不被替代了？你在獲得一種自由的同時，失去了另一種自由：如果我沒有膚淺地理解你所說的自由的話。

我不否認，你的領域中有許許多多我不熟悉的事物，包括汲取思想結果的途徑。可是，你的器官呢，你的器官為何廢黜不用？天生不中用麼？不是就好。這樣，我便不負有責任。

沒錯兒，我很痛苦。與其說是痛苦，不如說驚恐。我擔心自己負有遺傳學上的責任，不可推卸，無法逃脫。我還擔心我和葉紅車的友情，對你有某種潛移默化的影響。他是一種氣流，在空間沒有方向，或許就會吹入你的鼻孔，傳染給你：二十五年前我就該當心這一點，不該帶你去出席他的葬禮：如今，他死去了，他的品質卻在我的兒子身上獲得復活：你以放蕩形骸的方式全面接受了他，一個死去的精靈。我問你，你是通過那夜的星空還是禮花的光焰被他選中的？

都不是。好，都不是。你就是你：你是個徹底的存在主義者，為自己的一切負責。好樣兒的！可是，異性相吸、同性相斥，連這一最基本的物理法則你都要違背麼？

好，我答應你，儘量冷靜，任你將你「空洞」的理論闡發光大。不過，我告訴你，我可不像你那麼平心靜氣。千萬不要讓你的媽媽聽到你的事兒，她會為你感到恥辱。

我和你的媽媽只養了你一個孩子。你媽媽沒有更大的野心，沒指望你成名成家，高官厚祿。她只希望你過普通、健康而富足的平凡生活、娶妻生子，傳宗接代，終老天年。你是她唯一的兒子，她愛你甚過了愛我。她把後半部人生全部寄託在你的身上。她作夢都不會想到你是一個同性戀者，一個自動放棄男人位置和生育機能的廢物。

對，我罵你是廢物。廢物，不倫不類的男性廢物。

秋風瑟瑟。我被裹在A的風衣裡，在船城的街上漫步。他時不時地離開我，用石塊砸碎我們看到的每一盞街燈。夜很深，街上不見一個行人，不見一輛汽車。

遠處，街燈依然大片大片地亮著，奪去了月輝星華。我引他走進了一片街邊松林。松樹的氣息直浸心脾。月光透過松枝松針灑落下來，我們感到一種前所未有的安寧恬靜。

我們坐在林間的一張白色長椅上，靜靜地，誰都不講話。只感到時光從我們的肩頭悄然流下，滲入土地。

我陷入一場愛情，一場將A和B疊化為一的愛情。在其中，我體味著驚心動魄、魂牽夢縈、朝思暮盼的境界。每天，不，每時每刻，我都盼望他下課，等待著與他的熱狂的、無止無休的擁抱、接吻、做愛。我知道，等待、擁抱、做愛、思戀，遠不是愛情的真諦，僅僅是愛情的形式。但是我們生而為人，我們找不到比這更好的愛情方式：這便是用時間長度，用生命的固態液態和「空」與「實」對接對切的形式主義作為代價，對愛情所作的證實。

情感也許會像春水一樣流逝。在流去之前，我們能找到一種方式來將其保存在記憶中。這方式便是一次又一次感受相同而又純然不同物理性激情。我們同時陷入一個陷阱，從肉體的「空」滑落到情感的「空」情感的陷阱之中。

我比任何時候都明確而強烈地感到「空」，感到生命有千萬個張開的孔或空穴，渴望著被充實，渴望著被注滿精華。

我們用最直接的肉體的放蕩不羈的方式度量時光。我們毫不掩飾慾望，不掩飾肉慾的強度，不避諱「粗俗」、「淫穢」的言辭和行動。我們在一起，暢暢快快地回到了純粹的身體、純粹的物體、純粹的慾望，回歸著原始，回歸著元初，回歸著自由。身處異地的時候，我們不停地寫信，寫情書，寫一本本的「愛情筆記」，然後急迫地把它們寄給對方，其中寫滿了最文雅優美的話語，最刻骨銘心的思念，最輝煌燦爛的理想，最神祕的刺痛對方愛心的小懸念，以及永無終止的對對方安全、健康、心情的憂慮，以及對對方周圍一切人和事物的關心、妒嫉甚至憤怒。

我們像兩頭生命力極端旺盛的野獸在相愛。我們也像兩位情意絕頂充沛的天使在相愛。天和地，是兩種極致。我們只在兩種極致上生長和保存愛情。這種愛情，本能地拒絕妥協，拒絕平庸，拒絕不好不壞不冷不熱的中間狀態。「空」在燃燒，在不斷爆出燦爛的火花兒：它絢麗，絢麗得令人難以置信。我們相愛，沒有根據，也沒有目的。抒情手段，有時扮作物體關係中場休息時的啦啦隊，有時則出任被高舉的「聖火」。

我將我的「歷史」講給他，他也如此：我們作歷史研究，但是我們並不回答人們所關注的這個問題：一個人為什麼是同性戀愛者。我們身上，我們的愛情中，最富挑戰性的是「大拒絕」：它也包含了拒絕回答世俗的提問。我們對歷史研究的興趣，僅僅在於通過此種活動可以擴大我們的相互擁有：不僅擁有對方的現在，也擁有對方的過去，同時擁有研究過去和現實的語言學成果。

這項學術活動最幼稚的動因之一，是相信永恆：相信愛情既然已經誕生就永遠不會磨滅。智慧活動之中，時時摻雜著傾訴衷腸一類的古典談情說愛「動作」，主題也常常逸出「歷史」這一範疇，誤入現時愛慾的歧途。我們三心二意地成了歷史學者。一旦發覺，我們便從那柄大陽傘下逃出來，重浴「虛實之愛」的陽光。

關於個人成長歷史的敘述，簡直是一場場開心的遊戲。我們幾乎在每一個故事上都加進比真實故事本身更真實的「虛構」成分，弄得「歷史」真真假假、虛虛實實、撲朔迷離。真偽難辨的「史實」，成了我們博取對方粲然一笑，或擊節嘆賞，或扼腕長嘆，或雙淚泫然的精心構思的藝術作品。

我說，我第一個記憶對象是耶穌基督，是他所置身的一幅彩色畫象。那是一張袖珍的聖母懷抱耶穌的印刷畫，它位於我母親的袖珍本《聖經》的扉頁，金光燦爛，輝煌而寧靜，聖潔而親切溫暖。在那上面，我看到了天國，同時也看到了「崇高的人間」。聖嬰的裸體在我還不懂事的年齡，便啟蒙我對於純潔、神聖、真誠的認識，同時也似乎告訴我裸體與勇敢、坦蕩、磊磊落落、超絕凡俗之間持有一重神祕的關係。那幅聖像畫，似乎把全部宗教的、身體的和藝術的真諦，在我兩歲的時候，通過我的視覺感官毫無保留地傳達於我，以免日後歲月的風塵遮斷我通達聖嬰的路途。我還依稀記得看那幅畫時，我坐在母親的懷裡，全裸著，母親微笑著告訴我畫上兩個熠熠閃光形象的名字和意義。我當時還沒有語言能力，但我完全聽懂了媽媽的話。安恬、詩意、超然、神聖，就在那時已沉入我的靈魂深處。

胡言亂語，胡編亂造，厚顏無理的胡編亂造。你的媽媽根本沒有什麼袖珍本《聖經》，她不信仰任何神明。是葉紅車的媽媽有一本《聖經》，袖珍本的，精心保存著。它寄寓著她對兒子的關愛。她把他託付給一種更偉大的力量，不讓他日益沉溺於現世和肉慾。你沒有信仰主的父母，於是你墮落，對罷？你故意編一個故事出來刺激我們。我是醫生，唯物而不唯靈。你在以你的全部生活背叛我，嘲諷我，打倒我，不是麼？

之後，A和B說他第一次記憶伴隨著痛苦的呻吟而存在。那是一對裸體男女，他們在他搖籃邊的地上狠狠地扭在一起，樣子很可怕，同時發出可怖的喘息和低沉的喊叫。他隔著搖籃的竹製豎欄看到聽到那種場景，嚇得大哭起來，可是兩具裸體根本對他的旁觀和哭叫不理不睬，繼續扭在一起，大動不止。那也許是他的父母，也許是借用房間的父母的朋友，也許是小保姆和她的情人。

第二個記憶呢？我坐在爸爸的膝上看一部歌舞片，是坐在影院的樓上側席。女主角唱著歌兒，就在我的眼前。我伸手去抓她，卻抓了個空。我再三再四地抓，她的衣服就是不在我的手裡，我莫名其妙：她是空有其人，可她明明白白在唱著挺好聽的歌兒。

A的第二個記憶是被一個男人拋進一只大浴盤裡，那個男人隨後也進來了。他抱著A，給他洗，往他頭上、臉上潑水，大笑著不停地親吻他的小便——當時只會用來小便。男人的鬍子渣很硬，扎得A直叫喚，可他根本不考慮A的痛癢。當時A真討厭他。A 直不知道那男人是誰。他是A的讎敵。A的讎敵構成他的過去。

我們都深受歷史的戕害，然後再去製造歷史。我們原本是空的，歷史強制性地占有我們，我們被迫進入歷史。歷史也成了「空的」，可以容納許許多多人、許許多多事，卻從不滿足，還在向「無限」延伸：於是，我們決定暫時忘記過去時光和想像時光中的「往事」，以此作為對「歷史」的懲罰。

生硬地編寫不屬於自己的歷史，占有它，再推翻它。你們的遊戲主義已玩得十分純熟而低級，純熟得令人生厭，低級得令人拍案叫絕。哼，我既沒有看過你所說的什麼歌舞片，更沒有抱著你看過電影。你一直在你媽的懷抱中哭、笑、蹬腿、牙牙學語，我根本沒抱過你。多虧我沒抱過你，否則，你說不定會把我當成你的第一個同性情人。

我從未去過船城。這是我的疏忽，也是我的運氣：它只在我的想像中和電視螢幕上單向度地存在：它與你的事件，由於我的缺席而顯得抽象、乾硬、貧瘠，咬上一口，上牙只會碰到下牙。

我努力沉靜、旁觀、理智，可事與願違：你的每一聲語音都打痛我的心弦，你的每一端行為都被蒙上昏紅昏紅的色調：沉重，隱祕，無恥，不思自贖的墮落。

葉紅車出現的時候，已作為一個事實，一個無法更改的、確實無疑的事實。而你不是，你的事實是你是一個孩子，一個不了解世界、不明男女差別的嬰兒。後來你長大了，成了一個男孩子，終日同你媽媽和小提琴在一起，在我還處於忙忙碌碌的狀態時，你便離開家，離開了月城：我以為那是因為你成長為一個男人，堂堂的男子漢，既瀟灑清朗，又神祕迷人，令少女傾倒：沒想到，你離鄉背井是因為你令男人們傾倒，同時也傾倒於男人的懷抱。

我的確不冷靜。我不能冷靜。我養了一個孩子，唯一的孩子，他不正常，性變態，且不以此為慮為恥。他還挺自信，挺驕傲，彷彿是個天才，是個「超人」。假如我是你，我就去自殺。這個世界，為何如此混亂，是誰把它搞得這麼亂七八糟？

那不是亂，是豐富多彩，是千變萬化，是千差萬別，是人事皆難逆料。當琴弓在弦上跳躍、往返、顛簸、抽搐，弦便將它瞬息萬變的震顫傳達給音箱，音箱便將那震顫傳導給我的左肩，從那裡，樂曲打動我全身的神經弦索，打動我靈魂的弦索，然後才向空中擴散，成為你們聽到的音樂：有一百面樂器一百名樂手，就有一百種不同的同一首樂曲：有一千個物體性的男人就有一千個抽象的哲學性的男人。

是的，我對自己的行為很著迷。正如小提琴與我的身體塑造在一起構成我如今的形象一樣，我的行為也塑造了我，我愛它們，並把它們作為我的學術課題。我行動，用動作行動，用物理性的動作去行動，這些動作像光芒一樣發射出去，照亮的是我自己的頭腦和心智。譬如，有一個晚上我遭到了強姦，真正的、徹頭徹尾的、伴隨極大的肉體反感和痛楚的強姦。然而，那個壯男人作為一個物理的和作為一個精神的男人，被我徹頭徹尾地排除了，連同他的慾望和滿足慾望的工具：遭到強姦後，我掙扎著爬起來，坐到馬桶上，我排出了那個壯男人射入我內裡的一切：幾乎凝結成塊的一大團精液：它們澈底地被判了死刑。不然，它們可以捉住某顆卵子與其交配，成為一個新生兒。不然，它們也可以滯留在腸內，等待被精神消化，成為情感的滋養，思想的土地。可是，這一次，這一群，遭到了放逐，而且馬上就被清水沖刷而下，死不知葬身之地。

我的肉體在支持我。它以它的方式對蠻橫無理的霸權事物進行拒絕。「空」把他的精液當作廢品收繳再排泄出去。這是一種富於當代意義的「拒絕」和「排斥」。它素樸無華，在我驚奇地戀賞它時，它是那麼寂默無言而又不容置疑。

拒絕精華。拒絕一具精壯的身軀所釀造的醇酒。拒絕被占領。這並不需要智慧的力量，不需要肝腸寸斷的情感磨折，不需要意志的指使和支配：只要用排泄這個肉體的動作，就可以輕輕鬆鬆地完成。其實，肉體比起精神有時要簡煉得多樸實有力得多。

當我面對A和B的修長，肉體的興奮表明情愛，確切無疑。面對那個壯大男人，肉體的冷漠表明厭惡，即便是一瞬間的快感衝動也類似於冰冷表情上掠過的一絲嘲笑。A還有B的精華進入我的「空」，彌散，衍射，迴盪，爾後沉潛，終有一天，它們會在記憶時域在「歷史」上重新顯現，如同蠶紙「開花」。

坐在馬桶上，我疼痛著歡呼，為自己的「空」。同時，在排泄這個動作上，我發現了人類即興式處理精華的卓越天賦。

「空」可以化成熱情，去等待被填滿的質感。「空」也可以把填塞物排泄掉，守望著「空」。在這個語境中，射精，大便，排尿，吐痰，講話是同一能指。在任何人的身上，都存在著最原始又最現代主義的物理本能：抗拒，拒絕，排斥，排除：包括了自我排拒。

我很疼。我被支男性之槍當作洩慾的工具，一用之後作廢而棄，被拋在一間房子裡，無人過問生死。可是我慶幸，我發現了我收繳槍支彈藥的武器：我的「空」。

遭遇強姦的創傷痊癒之後，我回過一次月城。不過，沒有見到你，你到日城出差去了。其實，我也沒打算見你。也許我不願把你和那個壯男人的影子繫在一起。

月城還是月城，古老而端莊。它原有的樣子和現在的樣子，不過是為了給人留下印象或記憶，並非為了自身的存在。它是「空」的，等著一代又一代人住進來再搬出去。它又是「實」的，以一群群建築的影子，以一個城市的概念，以風捲殘雲般的歷史變遷，進入另一個空——時間的或記憶的空。

沒有見到你，我毫不遺憾。只要有媽媽，有日漸蒼老的媽媽，月城就永遠是月城，永遠在天空下炯炯生輝。

我的意外歸來，使媽媽平凡無奈的人生頓生奇蹟般的效驗。我們面對面，終日面對面。她秀麗的面龐上依舊閃現著天使般童真的光輝。她為我煮飯，燒家常菜。她常常悄悄地流淚，也常常哼唱自我幼年起她就在唱著的歌兒：我又重新恢復為一個小孩子，一個文文氣氣的小男孩，長得白白淨淨：總是有一些大人會俯下身來吻我的面頰，惹我厭煩。

在這個世界上，我只有面對媽媽時才是個男孩兒，只對她一人來講我是地地道道的男性：無論是她還是我，都未曾有過絲毫的懷疑。這幾乎成了我們之間絕對不公開也無須公開的祕密。與此一組「人物關係」相比，我在人間所擁有的其他性別形象，幾乎都酷似演員在扮演角色。

在媽媽的眼裡，我還是一個處子，對性愛一無所知，因為我還沒「結婚」。在我們之間，從來沒有「性」的位置，我們談話的主題，沒有一句是有關性愛的。話語的弦索只在其固定的位置上顫動，從不企欲超越它的振動幅度。這不是人為的，而是天然的：亂倫只發生在母親或兒子脫離本色而進入另一特定角色的情形下。

我同媽媽談許許多多話。談夢，談我的琴，談童年的故事，談媽媽親手為我縫製的那些童年制服，談我曾旅居的國家和城市，談電影和小說。可是我從不談我同三個男人做過愛，其中有一個是朋友，一個是戀人，一個是陌生人。我不能，不，不想談起我身體中的歡樂和肉體上的創傷，也沒談起母親生我時即賦予我的「拒絕」的本能。我們是如此親密無間，發自生命的親密無間。然而，個體生命的流程上，還是沉淤下許多砂石，形成一座座島嶼，掩映於煙波瀚淼之中：當我們共同矗立海岸時，已無法將它們一覽無餘。

我從母腹中獲得的身體，沐浴著陽光雨露與日俱長。肉慾的和精神的行動，打破生命的原始性沉寂，在另一個地方發出了迴響。時而嘹亮。時而沉悶。時而嘶啞。它們已位於母腹的遠方，有時遙遠得無法導歸其本原。而我們依舊親密無間。這是我們的原命。

火車穿過黑夜，隆隆隆隆地奔馳。

媽媽，A和B三個形象，交替著，交疊著，縈繞心際，我企欲將他們共時出現的某一畫面定格，細析其寓意，可畫面不停地流淌著，如江水東去。

臥席上雪白的床單散發著洗淨劑的氣味，車窗緊閉，燈光昏黃，不時有人從過道上走過，朝我望望。

一次又一次，一年復一年，媽媽送我上車遠行，幾乎總是在早晨。她抑制著離愁和淚水，在候車大廳裡，目送我消失在檢票口的玻璃門背後：我總不知道從車站到家的那一段路途她是怎樣蹇蹇獨行回去的。

除去在她懷中的幼年記憶之外，我清楚地瞭解我們之間的母子界限：從不拉手，從不擁抱，從不接吻。我們的親近，是以十分明確的肉體距離來控制和維護的。我和媽媽都想像不出，打破這種界限將意味著什麼：先天的聯繫已遠勝於一切後天的動作，我們已無須任何後天的身體聯絡來加強或維繫情感。

我在她的「空」中孕育，從那裡出生。我離她而去，從事著一些她根本無法想見的活動，但她的「空」依然隨行於我的四周：她的「空」早已擴大為大地，擴大為空氣：它是籠罩我周身的光、溼度、氣溫和萬物之影。

列車緩緩停靠在一個萬家燈火的大站。鄰位的幾位旅客講著方言下車了。我到月臺上換換空氣。夜風中，我豎起衣領。久違的羈旅愁思驀然襲上心頭：聖—修伯里筆下的小王子第一次來到地球上，見到的是荒漠，在月臺上，我也如同置身荒漠，只是不知是否能遇上狐狸、無法啟動的飛行器和法國飛行員。

暫停，請暫停，到現在為止，我聽出一種滋味，不冷不熱，不酸不甜，不濃不淡，對我的存在是一種無情的忽略和嘲弄。你的一切一切中，似乎唯獨沒有我。我在你的身上，缺席。你是否在摹仿葉紅車，是否覺得他父親的野牛皮帶也可以作為一宗意象代替父性的形象？這是一段開場白，僅僅是一段開場白，大談特談母親和戀人，大談怪談肉體和肉慾。接下來，就該輪到我背十字架，輪到指責父親沒陪在你身邊做童年遊戲，沒指導你如何看待並培養自己的性器。接下來就該把父親形象簡略為一條有性別的皮腰帶，野牛皮的，或者是老虎皮的，對不對？然後，你便可以像葉紅車那樣說，同男人在一起，是在補課，補做童年該做而未做的男童兒戲，補做少年與少年之間必有的天真無猜的友情功課，對不對？我想聽你解釋，即便這類的「補償」學說成立，你與A或與B或與CDEFGH之間的關係，也應止於男童兒戲的程度，止於友情的範疇邊緣，不該有所變異。為什麼男童兒戲到了你們手裡便變質異化為男性與男性間的風花雪月？

聰明的父親，你在佛洛伊德與榮格間徘徊，偶然的，巧合性的。我知道你不讀他們的書。你太忙，而且他們也不在你的興趣和專業領域內。我閱讀他們之前之後一直在把許多所謂「變異」、「變態」現象，思想又思想。除去拉琴，我也在頭腦中為自己寫一部著作，你目前已經成為它的一位讀者：即使你不以為父子是對等的，作為作者和讀者，我們總該處於對等的位置上吧。

我的琴聲很含蘊，而我現在的話語很坦率，甚至坦率得近乎直白。我就是這樣一個人，纏綿如絲，坦蕩如水，堅強如山。我不掩飾自己的存在狀況，正像你力圖以怒氣掩飾父愛的憂鬱一樣。

我的狀況是我的選擇——「自由選擇」的結果。除去我自己，沒有任何人或環境對它負有責任。我去做，因為我必須去做。我不能不去做，所以我做了。很重要的是，你關注我的身體動作，我關注性體也關注它以行動為思想打開的門窗。

靜修與做愛，於我已形成節奏的兩個拍格：吸呼，起伏，動靜。做愛類似於一個「吞吃」符號，靜修則類似於一個「消化」符號。「吞吃」與「消化」形成完整的系統。系統中，精神和肉體獲得的健康，帶有守財奴的卑廉味道，同時也具有戰場上勝戰後將軍帳底的燈光意味。

在火車上，我結識了C。我們很熱烈地在他的列車員休息室中擁抱，爾後他進入我的「空」。

下火車時，我向他揮揮手，只說了聲「再見」，便擠進旅客的洪流中。在我簡單輕巧的行囊中，裝進了他留給我的一張黑白照片和通訊地址。我走在人流中，走進地下通道裡，我很清楚，我和C之間的一切都在揮手道別的那一刻結束了。

那以後，他給我來過幾封信，有的寫得纏綿溫情，有的措詞粗魯激烈——指責我背棄我們已通過交媾達成的盟約。我沒有寫回信。他的照片進入我的影集，表情嚴肅地注視著右前方。他是個列車員。曾經進入過我的身體。人挺帥。也許終生都會在火車上奔波於車站與車站之間，充任所有的人生之旅的象徵符號。將來有一天，他會同一個姑娘結婚，然後當上父親，然後當上爺爺。也許他會不時憶起，在一個秋夜，在他值勤的列車上，他與一個同性發生過如火如荼的情愛行為。當他屆入暮年，也許還會寫一封信給我，但已無從投遞。

我不斷想起了那個月下傾聽星空的孩子。他本來只存在於我的幻想中，現在卻移轉到記憶裡。每當我在男人的懷抱裡，這個少年的身影便會顯現復隱沒，隱沒復顯現。我追蹤著這進入記憶的幻覺形象，力圖弄清它的涵義：可是它一直「空」著，沒有涵義的突顯或把柄。於是，我又去找A，去找B，去找像他那樣的男人，去探求涵義的「陽具把柄」或「陽具把柄」的涵義。

中學時代的同班女生V從月城來船城找我。她說，初二年級的春季我考取船城音樂學院附中的那一天，他們十四歲的心受到沉悶的一擊：一個星團飄然飛向天空，留在地上的人若有所失。我已忘記了她的名字，當時她在班上不很出眾，關於她的故事一段都沒有在我的記憶中存儲下來。她恰巧還在我旅居過的日城居住了相當長的時間。她還沒有男友。她畏懼著：她的一個女同事，婚後一直很不幸：男人對於她，具有某種兇猛野獸的意味。

V不斷地來，她不畏懼我。於我來說，初次重逢的新鮮感過後，交往便成了應酬。可是在她的朋友圈，竟有人把我當成了她的戀愛人選。

秋日的船城，鋪滿黃色的落葉。踏在落葉上的腳，並有著秋天的涼意和殘忍。她走在我的身邊，時時深情地望上我一眼。我故作沒有察覺她的目光。秋意造成的生理舒適和目光造成的心理尷尬同時糾葛於我的軀體上。

如果繼續一言不發地向前走，尷尬和被眼波專注地愛撫的時間就會得以延續。如果加快腳步，遠遠地走到前邊去，又顯得自己過於追求傲慢角色的演技，且有利用他人的愛慕抬高心理優勢之嫌。如果同她親親熱熱地講話，行人們就會誤以為我們是一對情侶，那將引起我的厭惡甚至憎恨。

小的時候我作過這樣的夢：小表姊與我同睡一張床，她用小腳探觸我的性器官，惹得我無奈和反感頓生。起床後，我向媽媽告狀，說她侵犯了我的禁區。而其時，小表姊既沒在我的家中，更沒在我的床上。

同V走在一起，令我想起了這個幼年時代的灰夢：秋天黃葉的色彩，漸漸被它的灰色所淹沒。我茫茫然然向前走，希望轉瞬之時她已從我身邊消失，並從此無影無蹤。現實依然如故：她在跟從我，臉上漾出只有癡情時期才會產生的蠢鈍而幸運的笑意。

我再也忍耐不住，一轉身逃進了一條地下通道。奔逃在疊疊臺階上的腳，慌亂而興奮。它在逃向另一個世界：橫穿過這條街，就是自得、自由、自在的王國。

轉眼之間，我進入了只有黑白兩色的隧道。沒有燈火。從兩端入口射進的陽光被寬大的陰暗吞沒了。我跑著，從入口跑向入口，邊跑邊用生理直覺貪戀著四周的陰暗：它是逃亡的保護。但是，也有一種惶恐：我也許會突然迷失方向，當我剛一踏上另一入口的第一個臺階，她或許恰恰站在上面，一夫當關。

頻頻回顧中，腳步已將我送至通道終端。再一次暴露在光亮中，危險感陡然而增：她已站在通道另一端的亮區裡，面向這一終端。我以為她會喊，並似乎聽到了空曠通道中的空曠回聲。然而她沒有動，也沒有喊。我面朝著她所在的一端，緩緩地退向拐彎處。

重新走在街上，踏著黃葉，細細品味著由於逃亡勝利而獲得的輕鬆。同樣是街，同是秋天，同一座城市，街的一側和另一側，竟是兩個國度。一側是被愛，不情願，甚至被侵犯。一側是秋色中的漫步，自由，遐想和人流車流中的獨行者。

向街的對面望去，已不見V的身影：擺脫掉她，卻又在眾裡搜尋：逃避是本能，而只有被追求的時候才獲得了逃避的權力，現在逃避完成了，也失去了逃避的權力話語。

空。空白。空洞無味的追趕與逃脫。空，空空茫茫。

光陰匆匆促促地行走。月城和月城的一切已有八年時光「隱居」世外。原有的切近感之上，業已孵生出遙遠復遙遠的感覺。這是時間製造的另一種「空」。這種「空」籠罩在四周，我受著它的環護，重新獲得了嬰兒處於母腹的經驗。遠離月城的日子，我持續不斷地幻見那個星空下沒有籍貫沒有國別的少年，持續不斷地同船城的A、同拉大提琴的B發生一串又一串「愛情動作」。

大學畢業不久的一個晚上，我了無情趣地跟著A走進了歌廳。在人叢中，我似乎仍能嗅到他皮膚上的海洋氣息和新鮮汗液的氣味。他的幾個女伴兒像幾片剪紙的影子，動來動去，卻根本沒能構成實體存在。他知道，我此時依戀他的氣息，便很正派地坐在我身邊，臉上掛著寬洪大度的笑意。我想，他得意的時候，準會以為自己是一位魅力十足的君主，擁有成群的男妻女妾。

一片女性剪紙探頭在他的頰上吻了一下。他故作無知無覺。剪紙索性把舌頭伸出來，在他的左頸上舔了一下。在燈光下，那舌頭呈藍紫色。

他帶著她們登上歌臺，用繚亂的聲音唱著一首極為流行的歌兒。燈光明滅中，他們似一群鬼影。

我站起身，瀟瀟灑灑地穿過座席，走到街上，在他扭著身體歌唱的時候，我對他產生了莫名的逃避欲想。我為留給他一個空座位而有幾分快意。

回到家中，我打了幾個電話。剛剛放下電話，便聽到三下敲門聲。

進來的是一個靦腆白皙的高中學生。他自我介紹說，他是我的忠實聽眾D，課餘修芭蕾。曾給我寫過信，我應他的要求回了信。

我請他坐下來，沏上一杯綠茶給他。漸漸地，他不再局促不安。他輕輕地撫摸著木椅的扶手，注視著我的眼睛，傾聽我的語音，宛如我的雙唇由四根弦索和無數音符構成。面對一個崇拜者，我有些暢然自得。

我請他到附近的「月光酒吧」，每人叫了一杯白葡萄酒。呷著酒，我們談得很投機。沉默的時候，我們便四目相對，甚至有點兒脈脈含情：這種場面有幾分抄襲經典愛情電影的嫌疑。

一個嶄露鋒芒的演奏家和一個崇拜者。一個青年與一個少年，一個也許沒有性別的人和一個性別還沒完全成熟的人，相對而坐，像在同演一部電影。場景是酒吧，很俗套的地方，劇情還沒有展開，但背景音樂已是愛情浪漫曲，主人公的眼睛已噴撲出愛慕。

走出酒吧，船城的天空下起了雨。我們漫步於雨中，不知不覺已相互用臂膀摟抱而行。他輕聲唱起正在流行的歌曲〈讓我離開〉。雨冷冷地打在臉上、身上。歌聲有幾分憂傷，很感人似的。

進入室內，打開燈，我們已淋得溼漉漉的。我們孩子氣地笑著，把溼衣服拋在地上。爭先恐後地跑進浴室，浴室的鏡中現出兩具漂亮的裸體。打開淋浴器，我們在同一噴頭下愉快地將身上的寒氣沖走。

他十五歲，腿長腰細肩寬。當我們互相搓香皂時，我發現他的陰毛竟已很濃重。他的手微微有些抖。他說，他作夢也沒想到會同他喜愛的小提琴家同室沐浴。

泡在同一浴缸裡，身體挨著身體，一股很新鮮的快感從泡在水中的雙腿向雙肩爬升。凝望著他，眼前幻化出的是我的童年場景。它們清晰地疊化在他的形象上，我彷彿與它們中的無數種形態的我同泡在一個大浴缸中。

假設我現在仍是十五歲，會不會主動去找一位小提琴家，並同他泡在同一個大浴缸裡？假設他向我要求作為聽眾或朋友所無法給予他的行為，我會不會順從？假設他進入我的身體或要求我進入他的身體，我們的關係是不是即時全部解體，並重構成另一種關係，那新的關係會不會一時令人難以適從？我原本不知道自己身上有洞孔，不知自己為什麼吸引人，也被他人吸引。也許，吸引力就是吸引人來占有自己，被吸引就是必被「空」吸附進去充當占有者的角色。

洗浴之後，我送他回家。雨後的船城，空氣清冷，行人寥寥。街燈不斷拉長再縮寫著我們的影子。他一路上沉默不語。也許，他期待兩種對白：聲音的──語音的和身體的。一個目標達到了。另一個目標失落在雨夜。我也沉默著。在我們之間，缺少一次澈底的肉體對話。他只能作為聽眾，像所有同代的和後代的聽眾一樣，片面地進入我作品的「空」與

「深」。於我的生物本體，他們被時間和空間安排在「外部」：在我的「空」門外掛著一塊木版，上書「閒人免入」：那是一道微觀禁令。

在一起走，此時此刻。過不了多久，我們仍會各走各的路。不知不覺間，C的形象和那個V的影子同時闖進了記憶與思緒：生命中的過客：可憐的D，他也可能扮演與他們雷同的角色。

公共汽車進站了。他依依不捨地踏上去，回眸的瞬間，車門將他的面龐和身影禁閉於其中。我向他揮手。揮揮手，意味著什麼呢，為什麼我沒有機會向A或B揮手？沒有揮手的儀式，告別就沒有完成，對麼。我放下手。我已向D揮手。我們似已沒有「再見」的可能或必要。

倘徉街首，路燈不斷將我的身影拉長，再縮短。我在夜裡，可以伸縮。影子是「空」的，變長或變短，自由任意。倘若沒有路燈的參與，這種「空」就更加超驗。連影子都不存在的黑暗，擁有更無限的「空」。

謝天謝地，你放過了這個孩子，沒去玷汙他。在這種時辰，你的小提琴才脫離了嚴峻的危機：它的聲音險些成了為你拉皮條的皮條客。

看來，你還算有收斂，有節制，並沒有太過肆無忌憚。不過，我並未因此減弱對你的反感：假如你能擦掉那濃厚的唇紅再來講你的故事，也許我會冷靜一些。

這個樣子，我只能氣憤地命名你為化了妝的動物。我的確老了，僵化，保守，落伍，看不慣變態畸戀的人和事。在你的童年，我是你的父親。如今，我是你的敵人。我想打倒你。不然，我不會這麼有耐心聽你的黃色故事。

好，你迎接我的挑戰，轉過身，去擦去唇膏，以本來面目與我短兵相接，好，我目送你轉身走向衛生間的鏡子。

孤身獨處的日子，自己同自己擴建著四通八達的關係網絡。

鏡中的臉龐，細膩中已滲入歲月的顆粒，儘管細微得不易察覺。它的侵入意味著青春年華的尾聲正悄然前來。明淨的眼睛，熱情已與冷漠並存：眼光流轉之間已閃射出犀利的洞察，原始的質樸光澤正在變化為智慧的質樸。鼻翼更深地勾畫出雙頰的界限。兩頰業已很難重現羞赧之色：慾情的火焰升騰爾後變藍，臉頰因此降溫。黑而密的額髮天真地覆蓋著潔白的額頭，一粒粉刺綴在左鬢上，破壞了額頭天使般的聖潔。用兩根食指的指甲將它擠壓出來，刺痛和紅漬留在左額邊上。五官中，似乎只有眉毛和睫毛保持著恆定的狀態，它們與年輪、遭際、心境似乎一直若即若離：當睫毛隨著眼睛的閉合與開啟而跳上跳下時，它的長伍總在嬉戲與漫不經心的感覺中獨自炫耀著自身的秀長俊俏，眉毛則在冷靜地監視著眼睛的活動，像兩道黑色的指令，控制著靈動的雙眸。

團起身來我像一條軟體爬蟲。我是一個自足體：我將自己的一個「空」，投入另一個「空」中：後者容納前者。它們自成一個週期，自成一個循環，自成一個愛慰的體系。或許正因如此，人才能孤獨、孤立，而不偏頗，不傾斜，不顛覆。

孤居獨處的日子，可以靜靜地凝視光陰的運轉，在回想和遐想中，生命已僭越作為「人」的傳統哲學定義。

除去後天記憶，我開始相信先天經驗和先天記憶。在經驗記憶之前，我也許有過無數次生命：其中兩千次是無性生物，四千多次為雌性生物，還有一些數字模糊的生命場次是雄性。所謂恆河沙數，瀚海涓滴，此生的性別便被長長的先天性別記憶所混淆了：比陽具或陰道所標明的更神祕也更有力的性別前史，操縱著我現世的性別定向。

漫長的「前史」以空氣或月光的形式構成。它們無性無別，茫茫無垠，蕩蕩無瑕，沒有性別可以駐足的場地。更漫長的「後史」，還將是以月光或空氣的形式構成。倘若現時被性別束縛得太緊，「後史」就很難擺脫對「今史」的重複「劫數」，還須「歷劫」多世方可回歸空氣或月光的本體。

我想像自己化為空氣在星際飄流，從冰河上走過，從火山旁漫遊，被星雲席捲，在死寂的洞穴中守候萬年。如果化為月光，就總是靜悠悠、靜幽幽地注視著天空、星群、在夜晚中飛翔的夢影和靈魂。那其中，有我的無數次生命中的無數位母親、戀人、朋友和敵人。生前或死後，留戀的和厭倦的，會渾為一體，構造出原初的也是終結的世界。人們哭著從同一地方來，又流著淚回到同一地方去。

在寬闊的操場上長跑。十六圈。七百六十公尺。第一圈：一隻大喜鵲沿著跑道起飛，停落，為我引路。牠起落四次，沒有啼鳴。牠也許是A或B的朋友，飛來代他向我問候。也許是A或B的化身，陪我再走一段人生路程——雖然僅僅是四百公尺。或許，牠是我從前的友朋，此時化為異類，不得互相親近，只能以此種方式來探訪我：在我與牠之間，隱含著一種超現實主義的故事。

第二圈至第十六圈，我一個人跑。汗水浸透了皮膚。暮夏的陽光烤黑了我的肩臂。下午，近黃昏的時分，在雙杠上架起左腿，讓上肢不斷壓靠在腿上。筋被抽動，疼，憶起小時候聽到的一個「鬼抽筋」的恐怖故事：那故事已失去了恐怖色彩。可是聽故事的當時，我毛骨悚然，彷彿渾身的筋條正在被鬼一根根抽去。

邊洗澡，我邊給自己講故事。在很早很早以前，山裡邊住著十條大灰狼。牠們比賽在一個冬天裡誰吃人最多。比賽規則是只准吃男人，不能吃婦女和兒童，優勝者獎勵一隻最漂亮的處女狼陪伴度過春天。十四大灰狼由於冬天缺少食物，正處於食慾飢餓和性慾飢餓的巔峰。它們不顧一切地衝過樹林，撲進一個村落。一號狼吃了二十一個人，二號狼吃了二十二個，三號狼吃二十三個，以下依此遞增。十號狼吃完第二十九個人後，面對第三十個人猶豫起來。吃了這個人，牠就獲得優勝，否則，牠就得與九號狼共用處女狼，那是牠所不能接受的。牠朝全村最後一個「男人」長吼了一聲。那個人鎮靜地放下手中的碩大的玩具木雕，笑了笑，說：你不能吃我，我沒有性別。十號狼只好走了，放棄了處女狼和冠軍的桂冠。

是的，沒有性別。在一個月明星稀的晚上，船城中似乎只住著我一個人。萬物俱寂。心如空山幽谷，沒有人，沒有聲響，沒有性別。空，空空洞洞。在月明星稀的夜晚，「空」環護著我，保衛著我的孤寂。

獨處中我愈發意識到，我的存在方式和狀態本身即是對世俗道德的大譏諷、大戲弄。在這間居室之外，在我之外，我的親人和朋友，我的鄰人和陌生人眾，遵循著另一種法則在生活。他們中的多數，以為我與他們同處一個法則中。倘若他們有機會察看我的思想，有機會深入我的個人生活，將會作何反應呢：媽媽會流淚，爸爸會憤怒會失措，友人會難過而無奈，鄰人會輕蔑，熟人會傳為新聞，陌路人會視我為怪物？有時我會百感叢集，為我今生所扮角色的戲劇結構，儘管只有我一人通曉這角色的全部戲文。

具有挑戰性的存在。向習俗挑戰。向傳統挑戰。向常規挑戰。向溫馨的日常生活挑戰。向關心和愛護挑戰。不知不覺，我竟已成為一個不想征戰的戰士。代價是無盡的。世俗的懲罰和圍困早已開始。以一個人的力量去與漠漠人眾抗衡，結局會是如何？

我感到寒冷。在寒冷中信念愈發堅定。存在無法逃避。我迎接屬於存在的存在。我戲弄世俗。同時我也以戲弄的態度看著自己如何堅守那不可規約的存在立場。

假如我不是你的生父，真應該大聲讚美你的勇敢、堅強和叛逆的品格，也許還會對你內心的充實有力以及不斷的內心自省而欣幸不已。可惜，作為父親，我缺少這份閒情逸致。

你不蠢，你為你的放蕩和變態找到了一個最高貴的藉口。沒錯，你在思索，並且有一定的成果。不論它是潔淨還是邪惡，總而言之它並非一無是處。可是，你的行為呢？找出一千條理由，一萬個藉口，你能說它們是典範的、端正的、崇高的麼？我同情葉紅車，是因為他盡了全部努力去成為一個男人，他失敗了，運氣不佳。而你，十分坦然地面對一切降臨你身上的現象，不去反抗自身，只借此驕傲地反叛環境。你口中講的是對自己的存在負責，心中想的卻是輕而易舉達到鶴立雞群的效果：因為淫邪而成為「超人」。

我瞭解你，因為我是你的父親：俗語叫「知子莫若父」。

對不起，你並不瞭解我。十分十分地不了解。老實說，以前我不在意這一點，現在我在意，因為你是爸爸，因為我正在休假，也因為我近來的演奏生涯出現了一些挫折。我沒有年長的同性朋友。我將會用一生去尋找父性。我不成熟，從佛洛伊德式的角度看我缺少一個父性楷模。我沒有兄亦沒有弟，我向誰認同呢？向媽媽。如果這些說法過於接近傳統的精神分析，更像一種物質主義的理論，那我寧願說：在同齡的同性身邊，我感到愉快和自由。

當然，我也有不那麼快樂的時期。六年前，A結婚了，找了個很愛他的漂亮女人。我很失落。我病倒了，整整一年沒有登臺演奏。五年前，我漸漸恢復了健康，打算走出蟄居的居室：我為自己演奏了一曲〈天鵝之死〉。自那時，船城的生活遲緩地、格格不入地重新包圍了我。洗浴，吃飯，讀書，甚至睡眠，都彷彿成了一場場假像：沐浴後感覺不到更乾淨更鬆弛，讀過的一卷卷樂譜沒有一個樂章留下印象，吃過飯還是餓，睡眠中似乎一直睜著眼睛，能夠看到睡眠的形狀。

人來人往。車來車往。又是人來人往。春天全面展開的時候，我穿著春衫，病懨懨地走在街上。走出居室這個動作本身，便意味著康復的開始。汽油味，人聲，各種俗豔的彩色，肩擠著肩互不相讓的建築物，多多少少吸引了我的注意力。這對過重的情感疾患無疑是一種放鬆療法。

走過一架鐵橋，我走進一家新開張的霜淇淋屋。店的名字起得很怪，叫「藍蠔屋」。常看美國片的人一看便知道這個抄襲來的名字，沒想到，竟被商檢機構通過，招招搖搖地亮出牌子來。

男侍者殷勤地跑過來問我點哪一種。我點了一客芒果、一客葡萄、一客草莓。

小店布置得很雅致，每張桌上都插著一支鮮花，鋼琴演奏的輕音樂隱隱傳來。還沒有進入夏季，只有我一位顧客。店主人穿著全套黑西服親自將霜淇淋送來，並在我的對面落座。我不抬眼，先把草莓吃完，再去吃芒果。我討厭他坐在對面，討厭我的皮膚所感到的目光。我很想請他走開。但霜淇淋的味道的確不錯，我不去破壞自己的興致。整個春天，我就不記得自己吃過什麼東西。我很快把最後一份也吃光，揮揮手說：結帳。他笑著說：本店對您免費。

正眼看他時，我站起身。那是A。我與他緊緊地擁抱在一起。時光和婚姻，竟使他更加風度翩翩。那狡黠的笑容因為增添了幾分成熟而顯得很有男性魅力。黑褐色的皮膚光潤、富有彈性。濃烈的法國香水的氣息是他身體的新裝備。他將我舒舒服服地抱在懷裡，在我的左頰上親一下，又在右頰上親一下。年紀很輕的侍者悄悄笑著迴避了我們親熱的場面。

重新落座，他命侍者端上店內全部品種，他自己要了一杯生啤酒。我說，我也要一杯。侍者送上啤酒，自動退了下去。他問：「小貓，你也會喝酒了？」我笑笑，舉起杯。杯與杯碰在一起。那個在秋風中遙望星空用五線譜紙記錄星星的音樂的男孩子又疊現在目前。

喝了一杯又一杯，我的意識反而更清楚。只是頭很重、很疼，像要炸裂開。心中難受得想哭，可淚水偏偏不肯上湧。哭不出來，憋得更難受。

他把我送回他的家中，抱我上床，為我解衣，用溼毛巾一點點揩淨我身上的汗水。我強睜開眼，想衝他笑一下。那一瞬間，我跌入沉睡。

醒來是深夜，頭很悶沉，心中久布的陰鬱卻已雲開霧散。他合衣躺在我的身邊。我一坐起，他便驚醒過來。他喚醒睡在地毯上的一位女子〃我想，那是他的妻子。他有一個賢良的妻子，一個哺乳期的女兒。他有一爿屬於自己的霜淇淋店。我是這裡的局外人。不，我得離開這裡。

我們走到街上。夜風很大。他的妻子站在路燈下揮著手臂，攔住一輛計程車。她連連道歉，因為我沒能吃一口她做的宵夜。我是局外人，我執意離開不應介入的牌局。

車啟動時，他摟著她的肩頭在風中衝我舉手告別。坐在車裡，夜風猛烈地吹擊著我的面頰和鬢髮。疲憊鬆軟的「空」中，緩緩地升起幾縷鬆脫之感。

無意中我被捲進了一種大眾生活。我擁有了某種權力，可以控制或者說支配某幾個人的一些機遇。一時間，我的公寓熱鬧起來，賓客絡繹不絕。

來者大多是由父母親朋攜帶而來的少男少女。他們或妍或媸，或機靈或呆板，都期求通過我的青睞獲得「命運」的垂青。

一個漂亮的網球少年冠軍來訪。他沒人陪伴。大大的眼睛在我的門外晃來晃去之後進了客廳。他家住得很遠，一大早就踏上腳踏車趕來。十九歲的身體發育得完美無缺，講起話來有點抒情的調子，似乎心中在無端憂鬱著。

第二次他來，一位叫M的女演員正坐在長沙發上。我發現他們二人竟一見鍾情，心中不免酸溜溜的。我絕口不談對他演奏水準的看法，才轉移了他的注意力，使他提心吊膽地一直待到離去。

第三次來，他仍沒有準備好參賽曲目。他說他一週內陪著那位女演員奔波於劇院、商場和餐館之間，沒有時間練習。我說：好，冠軍，你可以不必再來找我。他急得頭上冒出一層冷汗，柔聲軟氣地求我原諒他，全失了少年英氣、冠軍風采。

他走後的幾天，我有意帶著美麗的M出入各種場所。所到之處，我發現男人們趣味中心很快就由我轉向M，對我的好奇過後，他們把主要的熱情投給M。他們似乎很知道她的

「空」可以容忍他們，而把我當成似空而非空的貨色。

我同M商量，決定男扮女裝。她告訴我，她根本不愛男人，更不愛那個少年冠軍。她還是幼女的時候，就被鄰居的「叔叔」誘姦了。從那時起，她就讎恨男人，決心用自己的美貌來戲弄遇到的每一個男人。

她一邊按原計畫支使和折磨少年冠軍，一邊幫我設計了一整套化妝方案。

評獎活動結束，少年網球冠軍理所當然地落了選。

被評獎工作耽擱下的化妝實驗於盛夏開幕。M將我的披肩長髮剪成齊耳短髮：瀏海齊刷刷地蓋住額頭，一雙黑而亮的眼睛流蕩著三〇年代風格的湖水光澤，潔白的肌膚，小而挺的鼻子，性感的紅唇與皓齒，圓潤的下頦，秀麗而富於動感的脖頸同時被突顯出來。穿上一身日本女中學生式的衣裙，用長統肉色絲襪掩遮住腿上的汗毛。足穿一雙平底布鞋，以免使身材顯得過於高大。然後是用睫毛鉗將長睫夾得更翹楚，用墨粉打重一點睫毛的黑色。最後是為雙唇塗上暗紅色的唇膏。

我們走在街上，滿街的目光都被我們吸引過來。在船城劇院的沙龍中，她把我介紹給劇院的男演員們，仍稱我為「小貓」。我的「質樸、純潔、大方」，很快贏得了他們的歡心。從老到少，他們排著隊請我赴舞會、看電影、聽歌劇、赴晚宴，直至到家中作客。其中，有個獨舞演員E，他看上去仍是個少年。化妝術和年華的作用，使他根本沒有認出我的本來面目。

有幾個英俊的小夥子已發展到沒人時吻我、擁抱我的地步。M警告我，不許再向前邁進半步，否則前功盡棄。作為合夥人，我必須尊重她的意見，於是我減少與兩個最熱烈最投入的男演員的約會，更不會告訴他們我的地址或電話。M告訴我，那兩個小夥子已有幾天失魂落魄。不久，我聽說E病倒了，害的是古老的「單相思」。

我每天更換一套裝束，幾乎全是M五年前的用物。它們到了我的身上，既素樸又現代，全不見一絲陳舊跡象。我知道我的扮相不豔麗，但嫵媚端莊。我控制講話的慾望和才能，每逢約會總是聽男人滔滔不絕地講話，只含笑傾聽，時時插上一、兩句應答或頷首搖首的動作。

E病起之後，每天送給我一枝紅玫瑰，每枝花的花朵下端都繫著一根茁壯的陰毛。一直到了暮秋天氣，我才悄悄地把這一景象彙報給M，並說出我的擔心：「他每天拔一根，到了冬天豈不成了禿毛小雞？」她哈哈笑著說：「沒關係，男人的，長得快，隨拔隨長。」

我不忍心再折磨E，瞞著M約他到郊外野餐。

秋天的原野和山巒，五色雜陳。菊花的黃色與沾葉、秋草的黃色相差一個或兩個色彩層次。蜻蜓飛得很慢，奄奄一息的樣子。自幼跳舞的他腿長臂長，在花草間行走，如野蜂飛飛揚揚。我想，我簡直要愛上他了，必須控制情感，尤其不能露出原形。

在古運河邊，他點燃篝火，烤了一隻兔子和幾隻野鴨蛋。野鴨蛋是他在草叢中找到的。野兔是一位老獵人送他的。野餐之間，他說：他曾一直等我，直至我接受他。我吃著兔肉說：「我不可能愛上一個男人的。」他吃驚地問：「你與M同性戀？」我笑得前仰後合。發覺失態，我調整好嫻淑的儀容，嚴肅地說：「是。」他沉默了一會兒，說：「即便是冰山，我也能將妳融化。」我說：「我相信，或者說幾乎就要相信了。」

他九歲喪母，家境清苦，十五歲進藝校攻芭蕾，畢業後專在浪漫舞劇中扮演王子之類的主角。我看過他們團演出的《天鵝湖》，曾傾心於跳王子的那位演員。我問他去年演出季節的第四場是否由他出演王子。他想了一下，點點頭。我仔細看看他，沒敢把我的衷腸傾吐給他。

自從得知他是「湖畔王子」之後，我深深墮入了情網。每天我都盼望黃昏的來臨。那時，他就會出現在我的門前，獻上一枝繫著陰毛的玫瑰花。但是，我必須迴避他。我讓M轉告他：我作變性手術去了，我將變成他的同性。

這些可憐的孩子，終於沒能逃出你的羅網，打著愛的旗幟的羅網。真可憐！看吧，可怕的結局接踵便會到來。講下去罷，我不會馬上吃掉你。

於我，女裝同男裝一樣自然、方便。從質料上講，我更喜歡女裝的綿軟。耶誕節期，我恢復了男裝。一是為了習慣，男裝相對簡便得多，二是為擺脫那些「女性小貓」的追求者：我畢竟無法把同他們的遊戲玩到床上。

幾個朋友發來了聖誕晚會的邀請，其中有A有B，還有C的賀卡和長信。我已準備在新年前交還E的「禮物」：那個秋夜之後，我一直不敢見他，我感到內疚。我愛上了他，但這愛開始得過於兒戲，嚴重些說，它起始於一個陰謀。

平安夜我抱著一束鮮花和一瓶香檳酒敲開他的家門。迎接我的是他的姊姊。她收下我送的鮮花兒和香檳，哭了起來。她說：「弟弟幾個月前去訪問一個名叫小貓的女友，回來時便又唱又跳，又哭又鬧，給他穿衣服他不肯，總是光著身子在地上跳《天鵝湖》，說是跳給他最心愛的女人看。跳得再也跳不動時，他便躺下來拔陰毛，大叫著要玫瑰花兒。當他把全部陰毛都拔光時，我看到他身邊已用陰毛結成了無數枝玫瑰。他說他要去湖畔，把它們送給王子，又改口說要送給奧傑塔。」

我默默告辭出來，懷中揣著她交給我的首飾盒，首飾盒裡裝著E的一些陰毛。我連夜趕到瘋人院。患者們正在醫護人員的監視下舉行聖誕晚會。E的四周圍滿男女瘋子，他們正怪聲怪氣地為他叫好。他赤裸著，陰毛一根全無，在技巧高超地作原地旋轉。

我呼喚他。他馬上停止旋轉，奔過來拉住我的雙手，急切地問：「小貓，你到底是女是男？聽說你作變性手術成了男的小貓，求求你，再變回來！」

我拉著他走出人群，給他披上病號服。他乖乖地跟著我來到接待室。看護對我說：「他是這裡最安全的病人，從來不打不鬧，只是一見女的就問是不是男的，一見男的就問是不是女的。你同他談談吧，看樣子他很聽你的話。」

看護退下後，我對他說：「明天就是耶誕節，我很想你。我以為你愛我這個人，不管我是女是男。但我錯了，我把玩笑開大了。我不知道怎麼樣使你從這裡出去，如果你留在這裡，我也留在這裡陪你。是我不好，我對不起你。」

他聽著我的話，哭了。過一會，他站起身繞著我走了一圈，端詳著我。坐下後，他又笑了起來。笑完，他嚴肅地說：「妳是撒旦派來的騙子，專門來騙我的，對吧？妳現在又換上男人的衣服、理短了頭髮來騙我，對吧？妳其實是女的，女扮男裝來打消我對妳的愛情。我知道，這是因為妳不愛我，找了這樣一個技巧笨拙的藉口。我不信，我不信任妳。天下事全是顛倒的，男裝的保準全是女的，女裝的保準全是男的，黑的全是白的，綠的全是紅的。對不對？小貓，妳長得特別像我媽，我媽就像妳這樣，白白的臉、漂亮的眼睛，

M說我愛上妳，是戀母情結，我同意。我從小沒媽，我愛的人既是我的戀人又是我的媽媽。可是，妳為什麼要變成男的呢？」

我無法回答他。我只能以我的方式，肉體的和情感的，精心地愛護他。我蹲下身，開始吸吮他，用口腔中的「空」，力求將病魔從他的精液中吸取出來。

M為我們的成果設宴慶賀。她說她報復男人的宿願竟在我的手上得以實現，該好好款待我。她想讓我傳授給她「絕招」，以便由她親自實行將男人們關進瘋人院或監獄或墳墓的夢想。我說：「妳必須修行，擁有一件與生俱來的致命武器。」她捶打我，罵我壞，還說：「可以買一個電動的，去東京買。」我同她商議，請她不要去傷害E。她說：「他呀，只有你才能傷害，也只有你才能拯救，我可沒那種魅力。」

M留我在她的臥室中過夜。我們躺在同一張床上，心中好尷尬。她嘻笑著摟抱我，說：「其實你也是男的，也在我的打擊掃蕩範圍之內，我得試試你。」

早晨，我仔仔細細洗淨身體每一個細節。我無法忍受身體上留存一點有關她的氣味和感觸。她說她愛上了我，為我作了香噴噴的早點，還想擁抱我。我避開，逃亡一般逃出她的住處，心中的感受是：童話中純潔的小男孩終於逃出了女妖的魔窟，而且連最後看一眼曾囚禁他的洞穴的膽量都沒有，有的只是匆匆逃亡。

這就是你的道德，混亂的、損害性的道德。你與M合作搞一場騙局，在精神上取得共盟共謀，可在肉體上卻與之相排斥。你愛上了你們謀害的對象，或者說在預謀之前你早已在愛著受到謀算的全體男性。結果，純潔的E成了你們的籠中之雀。多虧你愛上了他，否則，他將會同被妓女敲詐得一乾二淨毫無二致。我得替那個孩子謝謝你，我的小提琴家，像一隻吃人老虎一般的小貓。

我關心的是，他病好了沒有。我為你羞恥的同時，會覺得我也對他負有一定的責任。如果他還病著，我有責任為他治療。你說他已康復，並且赴另一國度進行《天鵝湖》的演出。我真為他慶幸。但願他像A那樣早日娶妻生子，澈底打消你的興趣。

聽來聽去，我發現結過婚的男人比較保險，你不能忍受他們美麗的家。看來，戰勝你這種人，有時也極方便。

別急，爸爸，E乘上了飛機，飛走了，也許不回來，同奧傑塔真的結了婚。但是，如果我還愛他，我也會乘上飛機，也可以前往同一國度，也是去演出，演奏聖桑的〈天鵝之死〉這類的作品。是的，我真的追隨他去了，飛往巴基斯坦，只攜帶著我的小提琴。

與異國女子同行旅途，於我還是初次體驗。我們一見如故。她叫W，居住在伊斯蘭堡，目前在船城戲劇學院學習戲劇理論與導演。飛機還沒起飛，她已滔滔不絕地同我談完了她的婚姻、兒子和正在排練的一齣《尋找劇作家的六個角色》。飛機一起飛，她就拿出紅薯乾給我吃。她說：「小貓小貓，吃吧吃吧。」

三小時的航程，我竟誤以為在飛往布達佩斯。她說，在目的地，我可以見到她的小兒子。她一直長年不在家，三歲半的兒子一直跟著高大而無能的父親度日：結婚那一年，她二十四歲，年輕而漂亮，住進了醫院，平素的眾多追求者們都忙於在健康人群中周旋，只有他每天去醫院陪伴她，出院後，她便嫁給了他。他很愛她，而她很愛他的兒子。

一下飛機，明顯感到空氣清冷，天高地廣。在海關出口，他抱著兒子在迎候她。她未及與他招呼，已與兒子狂抱在一起，互相又親又吻又咬，笑聲壓倒了周圍的嘈雜。我與他相對一笑，看得出，他是那種既老實厚道又易於斤斤計較的男性。「保姆生涯」熬紅了他的雙眼，乍看上去有種籠中家兔的神情。

狂風驟雨的親昵之後，她把兒子送到我的懷中。他一見我便用當地語言親親熱熱地叫「叔叔」。我問他是否認識我。他說：「認識呀，五年前就認識叔叔啦。」我問：「那，想我麼？」他說：「想。」我問：「五年前你還沒出生，在哪兒認識的我呀？」他用手拍拍小胸脯，說：「在這兒認識的。」說完，他既得意又愧疚地笑了起來。他知道，他即興創作了一個很妙的謊言，一句很有深意的臺詞。

人是一個精靈。或者，人的內部藏匿著一個精靈。三歲半的男孩兒是明證。

住進賓館，洗浴更裝後，我一人踱到街上。早春的午後，街上悠哉遊哉布滿異族男女。他們個個高鼻、大眼、凹眼窩、目光明快，一見到我，便紛紛投來好奇而友好的目光。幾個在賣鞋子、首飾的小男孩兒爭先用英語向我發出問候。有趣的是，他們並不向我推銷商品。

一個十七歲左右的少年開始跟蹤我。我走他便走，我停他便停，總與我保持一步遠的距離。他穿著大大的橡膠套鞋，一身土布西裝，戴一頂落著灰塵的鴨舌帽，線條清晰、稜角英俊的臉上神態寧靜猶若湖水。他的身體還未發育完全，瘦弱中浸透著沉靜優雅的閒逸。

來到集市上，他仍一言不發地跟著我。我買了一些零食，分給他一半。他很自然地接過去，像接受老相識的饋贈一樣開始吃。我同他講話，他很認真地聽。他什麼都不回答，只用明亮的眼睛朝我憂鬱地笑。

從他灰藍色的眼睛中，我看不清他的靈魂。他帶我去參觀清真寺。遇到禱告的長者群，他的表情仍那麼安詳，沒有一絲一毫敬畏或恐悼。他帶我去穆斯林進行「五淨」的地方。那是異教徒的絕對禁區。他帶著我看遍穆斯林解手、洗手腳、洗下體的水池，沒有一人驅趕我們。我聽到有人用當地語言招呼他，叫他F。

走出清真寺，一個四、五歲大的小男孩兒抱著一隻大公雞攔住我，用我聽不懂的語言向我推銷那隻雄糾糾的花公雞。大大的鴨舌帽下，一雙明亮的黑眼睛在髒兮兮的漂亮臉龐上閃爍著光輝。我摸摸他的臉，作手勢我不需要他的貨物。他笑著，很滿足的樣子。原來他並不為求賣掉公雞，不過是為了引起我的注意，同我獲得一個交流的機會。已有一些人圍觀我們。他衝那些人綻出飽滿的笑容。

抽身走出人叢尋找伴我同行的F時，他已不知去向。我茫然若失，在人叢中穿行，找尋，但他已無影無蹤。異域風光、異族風情、各種誘人的街頭小吃，對我頓時失去了誘惑力。一片灰色中，我尋找他的那片彩色。

黃昏之後的街上，路燈的光線很黯淡。仍有人在悠閒地三三兩兩踱步。經過我身邊時，他們的眼中都閃耀著吞噬的光焰。一個四十多歲的漢子在街角截住我，掏出一打錢，用熟練的英語邀我去「吃夜點」。他滿臉粗硬濃密的鬍渣，穿一件粗呢料大衣，戴一項黑色羔皮桶型冬帽。我拒絕了他，走進路旁的一間檯球廳。

廳內燈火如晝，一群十五、六歲的少年圍著五張球桌。我一出現，他們一齊把漂亮的目光投向我。檯球廳的主人走過來，用英文問候我。他也不過十七歲左右。在眾少年中，唯他一人生相醜陋。我自顧在他們當中尋找午後陪伴我的少年。

一個很英俊的高挑少年走近我的身前，用生疏的英語問我：「你是外人麼？」我笑著說：「不，我是內人。」說完，我不禁笑起來。他不好意思地低下頭，紅了臉。另一瘦高的少年接替他的位置，用他的族語加手勢問我是有巨乳的女人還是有陰莖的男人。我只笑不答。瘦少年便是我在搜尋的Ｆ。我找到了他，終於找到了他。

我摘下帽子，露出短髮。有幾個少年一見，失望地回到球桌邊，邊用我聽不懂的語言議論我，邊重開比賽。只有Ｆ仍不甘心，他盯著我的雙胸，冷不防抓了一把。他抓到的是硬梆梆的牛仔外衣內的柔軟冬絨衣。他像一個勝利者舉起雙臂發出歡呼，然後突然拉住我的胳膊用英語清清楚楚地說：「我請你去看電影。」眾少年發出一陣哄笑。

我隨他來到街上。廳主人追出來，欲從他的手中奪下我。他們站在我的兩旁，由我來決定誰中選。我立即把手交給Ｆ。廳主人用英語說：「你不喜歡我！我恨你！」說完，他生氣地回檯球廳去，叫罵著把所有的客人都趕出來，關鎖上門，並熄滅了燈。

我和Ｆ處於很深的夜色中，他變得嚴肅而緊張起來，一反剛才風流調戲的作風。我們默默走到不遠處的電影院。他買了兩張入場券。我們走進幾乎坐滿觀眾的影院中。

觀眾席上，他坐在我的身邊，盯著銀幕，不敢碰我，也不敢看我，手放在膝上，微微顫抖著。顯然，他這是初次「找伴兒」。我輕輕地把手放到他的手上，撫去他的驚悚。我給他吃Ｗ給我的紅薯乾。他吃著，漸漸恢復了少年的自由活躍。看著吃著，他的注意力完全轉移到銀幕上，表情隨著銀幕光影的變化而變化。喜怒哀樂迸現在這張年輕俊秀的臉上，令我悖然生出一絲自慚形穢的感觸。我感受到我們之間的距離。那不是種族，不是語言，而是歲月。

他為人物的一個動作而放聲笑起來。周圍的觀眾也縱聲大笑。這同我個人的觀影經驗相差懸殊。他下意識地伸出右手，等我把紅薯乾放過去。我把最後一塊塞進嘴裡，隨手把手帕放到他的手上。他眼望著前方，將手帕放到嘴裡用牙撕咬一下，沒有成果，再用力撕咬一次，垂下目光才發現手中的「食物」無法吃。我捂住嘴，埋下身笑個不止。他不顧場景，開始劇烈地搔我的兩肋。奇癢難耐中，我跑出了影院。

在F鋪設在地上的床上，我作了一個夢。夢中，我和A和B和C同時被一群異族武裝人員抓獲。A出面與武裝者交涉，唯獨背著我，達成一個協議：把我一人留下作人質，他們回國去追捕那三個陌生而可惡的「人民公敵」，抓獲後用他們三個來交換我。臨別，我雖渾身軟綿綿的，但還是英勇地說：「不必為我擔心，放心回國，打倒人民公敵，自由屬於全世界同志革命者！」他們乘上一架波音727離開了巴基斯坦。兩個小戰士一左一右架著我來到一座石頭城堡。沒有人給我們送吃食，他們就開始吃我。早餐每人吃一隻耳朵，午餐每人吃一部乳房，晚餐每人吃一扇臀肉，夜宵每人吃一份腳爪。不知過了多少年，城堡中已長滿青苔，他們兩人的雙眼、頭髮、身上也布滿黏黏的綠色苔衣。我的器官被吃掉一次，就新生一次，因此只有我還保持著新鮮的肉體。有一天，他們同時化為兩支石柱，滿布苔蘚，將我牢牢地夾在中間。沒有人吃我，我的四肢五官迅速被風化。我看到自己已衰老不堪，瘦骨嶙峋，便大喊大哭起來。我掙扎著，想掙脫石柱的束縛。這時，F喚醒了我。我發覺，我是在他赤裸的懷抱中。

起床後，F父和F兄已擺好豐盛的菜餚。F父轉過身面對我時，我們都愣了一下。他就是昨夜想「買」我的那個四十歲漢子。他很快恢復了幽默的狀態，向我擠擠右眼，將一隻甜瓜拋向空中，接住後一刀剖開。不時有女人端進菜盤，但她們都不陪客同席。飲食之間，三人興致高漲起來，各執一柄樂器彈唱起「木卡姆」。F執薩它爾，聲音幽怨哀傷，遼遠中含有沙啞抖顫的氣質。他哥哥執彈拔兒，他父親執都它爾。三人邊彈邊唱，歌聲嘹亮高亢中充滿原始的壓抑、掙扎和反抗。我聽出來，他們彈唱的是「納瓦木卡姆」的「散序」。當樂聲轉為歡快時，我的「買主」棄琴邊歌邊舞。這時樂曲已是「木卡姆」的最後樂章「麥西來甫」。F也放下琴，拉著我歡快地跳蕩起來。他的動作頗有些美國黑人舞蹈的動律和力感。

月夜，F和我來到一座古墓前。拱頂式建築的墓室在月光下靜穆異常。在它的右首，是一片面積很大的麻札群。大大小小、高高矮矮的墓室以齊整的長方體和東西橫臥的排列，鋪展在月空之下。死亡在這裡是潔淨美好的。沒有一絲一毫的陰暗，沒有一點一滴的恐怖。穆斯林在這裡得到了真正的安息。

他告訴我，用琺瑯質瓷片覆蓋的是貴族的墓室，用草泥抹面的屬於平民。麻札群落以家族為單元，同族的親人死後仍住在一起，其中最小的墓是兒童或女性的。

他指著西北角的一片平民墓區說：「那裡是我家的麻札。」我遙遙地望著那片大大小小的麻札，不禁產生了一種親切的感情。他平靜地說：「那裡住著我的爺爺、奶奶、小妹妹、二叔叔，還有許多我沒見過的祖輩。不過，死後就能見到了。」

我不禁問：「你死後也葬這裡麼？」他說：「當然啊。」在月下，他的面龐、頭與頸的線條有種希臘雕塑的靜美。他只有十七歲，也許從我開始，他才剛剛進入生活。他對一切都沒有奢求。他清楚他生在這裡，有一天會死去，而且永息的場所就在眼前。

麻札的東北方向，是茫茫無盡的戈壁。月天，戈壁，麻札群落，漂亮的異族少年，還有我，安息的和走向安息的，天生信仰真主的和從未受過洗禮的，此時擁有同一空間。

坐在沙棗樹下，沐浴著月輝，我們久久無言。與昨夜的肉體情景相比，這是多麼不同的境界。我們相互信任，相互愛慕。我們種族不同。我們同在月天下，但死後，我們不能同葬這片麻札中。

坐在腳踏車後架上，夜風吹拂著我的頭髮。寬闊的驛道邊，戈壁荒灘一望無邊。駱駝刺東一叢西一簇地在風中抖動。

我抱緊他的腰，把臉埋在他的脊背上。衣料的質感和腰的輕微擺動，勾起我心中陣陣痛楚。在他之前，我已有過不止一個戀人。在他之後，我還會有不止一個戀人。為什麼我和他不可以休止於這裡，結束過去，也結束未來。

月下的戈壁在我眼前無聲地移動。淚水止不住流下來。用他的脊背抹去淚水。我們依舊在行駛，相對於歸途是向前，相對於來時的道路是向後。

翌日，F租了一架毛驢小車，載上我和食物，向沙漠地帶進發。

早春的陽光暖煦煦地照在我們身上。驛道寬闊平坦，直達天際。小毛驢根本不用人駕馭，不緊不慢地拉著我們向天邊走。遠山和路兩邊不斷出沒的沙丘，使我感到在荒涼古老地帶有一種沒頂般的寂寞和沉毅。

他從袋中取出熱瓦甫，調了調弦，輕輕唱起歌來。初時聲音很低，愈唱聲音愈嘹亮悠遠，響遏行雲。在他的歌聲裡，我彷彿看到一幕幕先民開疆辟域的創業生活，聽到一輩又一輩人逆來順受的哀歌，還有他們生性的快活、幽默、擅長娛樂。我感到他不再是一個少年。他像一位先知，用歌聲向我講授一個民族、一種文化的歷程。

小毛驢像隻機械驢，一味地拉車前行。迎面開過幾輛載重貨車。後方有幾輛吉普車超越我們，漸漸消失在前方。小毛驢還是不緊不慢地邁著腳步。

黃昏，我們來到一座小村落。他敲開一扇院門。主人親人般地歡迎我們，擺出了越冬的蔫葡萄和貴重的巴旦姆給我們吃。晚餐，他們端上烤得很鮮嫩的羊肉串和熱氣騰騰的薄皮包子。F吃得很多。我咬了一口薄皮包子，便只吃葡萄，直至晚餐結束。他在旁不斷望著我盤中的食物，時時不安地瞥我幾眼。我很想多吃一點，為使他安心，但剛舉起包子就有嘔吐感湧上喉頭。我只好放下包子，若無其事地來到院外，吐了個痛快。

躺在毛驢車上，遙望月輪升起前的星天，身在異鄉的感覺強烈地襲擊著心扉。他坐在我的頰邊，臀部擦著我的臉頰。月輪緩緩升起，昏黃昏黃的。星光消滅了銳利：天穹一時顯出沉鬱的暖光效。

沙漠寂靜絕倫。白晝的陽光晒在沙上，溫熱而乾爽。偶有飛鳥掠過長天，瞬間打斷沙與天恆久但不厭倦的對視。

我們歡快地在沙上打滾，從丘頂滾到丘底，細細的黃沙沾滿我們的頭髮、眉毛，灌滿衣服的皺褶。他總是排在我的後邊，總是比我滾得快，在將近丘壑的地方從我的身上軋碾而過，引得我又笑又叫。

茫茫沙海中，他一次又一次地進入我的身體。夜晚在沙上。白晝也是在沙上。他總是沉默而專注，從不改變體位和姿勢。他的呻吟像歌曲一樣旋律悠揚，節奏鮮明，時而低婉悽楚，時而亢烈粗獷。三天之內，我感到他從少年躍進為成年。

我發現，男人生來就是具有父性的。在他身上，這種父性飛速顯現出來。他生火。他架起帳幕。他為我做奶茶。他將饢分成兩類，油饢歸我吃，他吃另一類沒有油脂的。

我感到充實：他處於我的「空」中，像樹洞中的南極熊。我感到充實，在月明星稀的夜半，在陽光燦燦的白日。然而我不想懷孕，也不想生產。懷孕和生產是另一種形式的「排泄」，懷孕是這個動作的開始，生產是這個動作的完成。愛情完結的時候，女性通過這種方式將男性排出，連同他們的結合，只留下「空」。孩子們像一顆顆精子和卵子的攜帶體，蹦蹦跳跳，鬧鬧哭哭地在他們面前跑。他們看到他們自己的那部分，於是愛那群孩子。我愛他，將他珍貴地保留在根部，讓他成長為我的「空」。

除此之外，我幾乎不知道怎樣對待他，怎樣對待自己，怎樣對待愛情。我像一隻羔羊，默默地伏在沙海中，逆來順受，任憑命運擺布。我不敢主動採取任何一個行動，生怕它多餘，破壞掉已如此圓滿的意境。在此意境中，我不斷地感到充實，不斷地領略我的

「空」。

我們都愛上了沙漠：沒有聲音，正便於我們相互傾訴心聲。沒有其他的生物生命，正便於我們通過交媾結成一體。沒有歷史、文明和未來，我們便是這裡唯一的歷史、唯一的愛情文化和唯一的未來。

我們擁抱，我們親吻，在機場大廳，在伊斯蘭堡機場大廳。我們親吻，我們接吻，我們互相握著手。然後，他用薩它爾為我奏起了〈陽關三疊〉。

我們被斷然隔在兩個世界：一個世界飛上高空，他在另一個世界用薩它爾為我奏響離別的謠曲。

空。空洞。空空洞洞。地面的景物漸次模糊，包括那無涯無際的戈壁，包括那連綿不斷的積雪山脈。空，空虛，虛虛空空。我在空中飛翔。「空」載著我飛翔。空，空虛，虛虛空空。

空。空虛。虛空。空洞。空空蕩蕩。這是你的論調，你的嘆息，你的哲學，甚至是你全部的人生結論。放蕩，放蕩的結果，這就是你放蕩的報應。中醫所說的「陰虛」你懂吧？對，陰虛造成了你所謂的「空」。乍聽起來，你的詞句生澀得、深奧得令人生畏。其實，它們不過是一種病，不過是「腎虧陰虛」。

我知道你會否認這是一個「身體問題」。一種偽裝的高雅道德附著在你的身上。你自相矛盾。你的一切思想似乎都源自肉體的行為，你一直這樣說。可你又一定要否認你的變態是肉體範圍內的事件。

現在，我已不再同情你的你那些搭檔，你的那些ABCDEF。他們同你是一路貨色，否則怎麼會引誘你或受你的引誘？在你和他們或他們和你的關係中，天然地散發著一股腐敗的、淫邪而詭祕的氣味兒。我耐著性子聽你講說，並不是因為我受了某種魅惑或感染。我想探究，想察明你的病源，然後對你進行醫治，澈底的、從荷爾蒙甚至染色體開始的治療。至於我怎樣療救你，那是我職責範圍的事，你不必擔心。也許是注射藥品，也許是關入戒毒所一樣的「戒變態所」，也許讓你坐在某種老虎凳般的儀器上。你應該知道，總會有辦法的。萬不得已，還可以割除你的肛門和嘴唇。

我老了，也許會顯得有點惡毒。不過，畢竟你是我的奇恥大辱，我的、家族的、和全體男人的。你以你的方式背叛了我們。

作為人，我已在公眾關係中造成了一種特殊效果。超現實主義者云：嶄新的道德。我依個人的力量，開創和堅守著一種嶄新的道德。它無意進軍社會，但求在自身的領域裡錚錚發光。

人們對外界趨之若鶩。我守著「空」。我的自得已流貫全體，成為氣質。在很多人眼中，這種氣質極突出「變態」的色彩。因其自圓自轉自得，人們妒恨它。因為命名其「變態」，有人獲得了輕蔑的權利，甚至懲罰的權欲滿足。

如果我在小提琴上加上一根弦，用五根弦進行演奏時，全世界都會罵我非驢非馬。但是，當我不加添也不減少弦的數量卻只用一根E弦演奏時，人們則對我的「絕技」大加讚賞，稱我為什麼「獨弦之王」。

這就是形式。其實，性別是一種形式，一種肉體的形式，卻根本不涉及性。它只是規約肉體行為的方式，卻不包括性的存在或消亡。「空」只能隱藏在肉體的洞穴中，卻不是洞穴本身。「空」總是被「空」藏得深而又深，沒有任何一件工具足以抵達「空」的終極。

在天空很小、樓房很高很大的日本國，我降落到它的首都。提著小提琴，隨時找一個人煙輻輳的所在大拉特拉一陣莫札特或拉赫曼尼諾夫。這裡的人民酷愛歐洲，並時髦地愛上了音樂。於是，我最初幾天的生活費用便變得綽綽有餘。

有風有雨的時候，我便躺在國分寺一家名為「荒井武原上」的旅店中思念F，並同時策劃著如何在此地找到E。據說，E就在這裡臺上臺下地追逐著白天鵝。有的時候，我也擠進喧囂，看看另一片東方，F所在的另一片東方，另一種國家風範。

天氣陰沉溽熱，日光很少，月光星光全無。異域的禮節。異域動聽的語言。匆匆忙忙、乾乾淨淨、整整齊齊的西化中的東方人群。少男們沉默而英俊瀟灑。少女們紛紛擠出可愛的笑容和可愛的語音。一向以「武士道」著稱的成年男子群，已被龐大的株式會社壓成一冊冊千篇一律的零件簿、帳目表、證券單。週五的夜晚人們喝得大醉。男人們掏出碩大的陽具在街上隨處便溺。很多東歐人、西歐人、北歐人、美國人講著疲軟的東京日語，全失了那種語言的特有魅力，同時也全失了他們使用母語時的特有風采。

穿梭於人群中，我深深地被這個民族的年輕男子所吸引。他們有一種生於島國與島國共飄搖的飄搖的強烈孤獨感。後工業文明的壓力，自強傳統的壓力，黃色皮膚面對白色人種的壓力，「雜交文化」迅速地日新月異地雜進的「新文化」，困擾著他們，使他們顯得愈發具有後現代性的堅強、硬挺和鬱鬱寡歡。

一個美好的早晨，我沒有攜帶提琴便擠上了中央線電氣火車。車上，人貼著人。人們計算好時間，每天乘坐同一班車分秒不爽地去趕早班或上早課。我的身後緊緊貼著一個高中生，我不看便知他穿著一身黑色學生制服，戴一項端端正正的學生制帽。無意中，我動一動被擠得發僵的臀部。臀部正巧對著他的正中前方。他的前方馬上有了反應。借著車的動律，一個堅硬的焦點在快樂地跳躍、生長、氾濫。時間在持續著。顫動在持續著。激情在持續著。吉祥寺車站到了。車停下，揭去一層人眾，又黏上兩層人眾。我和他被擠得更貼近，像兩片緊抿的嘴唇。車發車停，車停車發，終於我聽到一聲小得幾乎聽不見的嘆息，他離開我，臉上泛著細汗和紅暈，羞澀地、匆匆瞥了我一眼，在新宿站下了車。列車繼續行駛。關上的玻璃門，將他拋在人群如蟻的月臺上。在我的後部，殘留著他的溫度和硬度。那幾乎是一種羅盤刻度。羅盤飛旋，而它卻以記憶的方式一直保留至今。

在「壞地方」藝術影院看了一部《克萊爾的膝蓋》，沒有看完《四個冒險》就出來，為的是趕一個約會。

在影院前，這個國家許多著名電影藝人的手掌手指印鑄在小廣場上。我找到濱田光夫，把手與他的手疊在一起。不知為什麼，我有點羞澀和激動。

在六本木的一家音樂商店中，瑞典老闆因為我對史特林堡、伯格曼、拉格奎斯特的熟諳收下了我。我在三樓的視盤部專售與音樂相關的精美紀念品，工資是每小時兩千日元。

我把各種各樣的小牌牌拴掛在頭髮上、耳朵上、脖子上、衣服上，一下午就賣出了許多商品。各國的客人，尤其是歐美人，一見我的樣子就情不自禁笑著走過來，臨走時總會買走一、兩件貴重或不那麼貴重的物品。日本人似乎不太欣賞我怪里怪氣的樣子，有的本來想買東西，一見我便繞開了。

下午四時，幾名大學生來上班。G同我一組。他在音樂學院裡學習作曲。他長著劍眉，剪著很時髦的髮型，頭髮染成金褐色，目光中交雜著寂靜與凶猛。不多的交談之後，我得知他愛好賽車，棒球也打得不錯。

夜十時，商店打烊。各種各樣的音響陸續關閉，彩燈也一盞盞熄滅。我和G整理好商品，下樓走到街上。

街上燈火繁華，洋人們邁著鬆快悠閒的步伐，日本人則要麼行色匆匆，要麼五七成群、醉酒相扶。

G問我想不想去喝點什麼。

在一家啤酒屋前我們停下來。酒屋是一個義大利混血兒開的。他認識G。G為我要了一中杯，他要了一大杯，我們各喝各的酒，聽著播放的黑人音樂，不交談。我看到G的牛仔褲近膝蓋處有一個指尖大小的洞，露出結實的肌膚。一股寒流襲擊著我的小腹：我真想把指尖伸到那個小洞中，摸摸他洞中的身體。我控制著自己，直到他用摩托車將我送回寓所。

次日中午，老闆請我吃炸牛排。席間，他時時把老年人的靈活目光掃過我的表情。他問我是否喜歡瑞典。我點點頭。他說他無兒無女，在斯德哥爾摩有一幢很大的空房子，是祖父留給他的遺產。房子位於斯德哥爾摩大學的東南側。我輕輕地說：「伯格曼就在那裡學習過。」他高興地握住我的左手，說：「對，對，你想去麼？」我點點頭。

他說，他小時候跑到影院去看《沉默》，看到那對男女在影院後排做愛那場戲，感到血液中充滿了泡沫。從那以後，每次看電影都期望有類似的經歷，後排也成了他一貫選擇的觀影位置。十四歲那年，他已經長得與大人一般高。一個小麥色頭髮的小夥子坐到他的身邊，影片開演後立即把手溫柔地伸進他的胯間。那部片子演些什麼他一無所知，只記得那頭淺色柔髮不停地在自己的下腹部晃動，分不清對方的局部肉體和自己的局部肉體的界限，也分不清從下體產生並傳導的是快樂還是緊張恐懼：那是發生在幾十年前的北歐式「初始體驗」。

我將目光投向張開的百葉窗外。週末的街上，行人穿著假日的服裝。陽光照耀著街與人。很懶散的感覺通過眼睛達及腳趾。他抓著我左手的那雙大手，微微滲出一點汗液，溼潤潤的。

不遠處的餐桌上，一雙眼睛銳利地射向我們。那是G。他週六不上課，全天來打工。我發現他後，便擺脫老闆的手，走到他的面前。我向他問候，他把頭低下，嚼著口中的菜，沒有理睬我。我再次說：「請過來一起吃吧。」他抬起頭，凶狠地盯著我，我退回座位，像一個妓女在同嫖客調情時忽然邂逅了少女時代的戀人。

整個下午，G對我一言不發。他拼命地工作，將全部商品都重新清點一遍，把大大小小的盒子重新擺放一遍，對顧客格外殷勤。每次從我身邊經過或我從他身邊擦過，他都下意識地避開，不讓身體間有一絲一毫的接觸，彷彿我身上攜帶著瘟疫。

我接待顧客時，他便在一旁冷冷地看著，看得我心中發虛，竊以為每一個顧客都是嫖客，連笑都不敢對他們笑一下。由於手忙腳亂，出了三次差錯。顧客離去時，都懷疑地看看我，表情的冷淡中夾雜著對「外籍工人」的輕蔑。

我的心情陰暗起來。喝下午茶時，我躲到貨架後讀三島由紀夫《假面的告白》，沒有去吃點心。我也在有意迴避G。

下午茶後，G怒氣衝天地在櫃檯後走來走去。我也儘量避開他，忙著接待那些厚顏無恥地盯著我看的男女顧客。

商店終於打烊了。同事們匆匆換好衣服去赴週末晚會，唯有我和G值日，負責清掃三層樓的衛生。

空曠的售貨廳裡，一切音響驟然消失。G雙臂相抱，倚在一根圓柱上，歹意地望著我。我搬出吸塵器，扯出導線，將插頭插入壁上的插座。我剛剛轉身，就見G發狂地吼叫著朝我衝來。他衝到我面前，揮拳便砸。我的鼻子和胸部頓時痛楚起來。血從鼻孔中湧出，流過雙唇，滴到紅色的地氈上。

他吃驚地站在我的對面，等我從倚靠的牆邊站直起來。他緊咬著牙，用力抓住我的雙肩亂搖亂晃，幾乎將我搖散。他停下時，手上已沾滿我的鼻血。

不知不覺，淚水滾滾流下我的面頰。說不清的委屈、酸澀、自憐、異鄉的孤寂，一齊湧上喉頭。我抽泣起來。

見到我的淚水，他罵了一句髒話，衝上來撕扯我的衣服。他一件件扯下我的衣服，同時也扯下他自己的衣服。突然，他變得十分溫柔，似一頭純潔的羔羊，伏在我的身上，一點點舔食著我臉上、頸上、胸上的血汙。舔食乾淨後，他靜靜地趴在我的身上，顛狂地吻我。

在他的熱吻下，我再次流下淚水。我知道我從一見到他那刻起，就期冀著這種時刻。我引領著他。他進入我，以他的激烈和施虐狂的凶猛方式。長久地，他以哺乳類動物通用的行為語言向我的「空」訴說衷腸。

借助地燈的紅色光線，他的臉像暗室中剛剛洗印出的照片，布滿水珠。

在做愛時刻，無論情感關係如何，人們總是拿出生命中最嚴肅執拗的精神。人們似乎知曉，暫時的合二為一背後，隱藏著巨大的漏洞，陰森森等待著兩具肉體的分離。我們清楚，我們的交媾只是兩人之間的「終極行為」，不會指涉第三者，不會波及雌雄交媾的生育後果：這種做愛具有絕望的氣息，徹頭徹尾的絕望。我們互相通過對方完成夢想卻不因此期求新生。做愛，於我們，是一個歸於永寂的儀式。

根本沒有商議，我們便駕起摩托車「私奔」了。他載著我，我摟抱著他結實有力的腰。我又想起了秋風秋夜中記錄星群眨眼頻率的少年，也想起用腳踏車帶我去看月下麻札的F。

太平洋僻遠的海灘，水光波影，陽光如蜜。我們赤裸著跑下沙灘。海水托起我們。我不會浮水，他抱著我，教我。我學得很慢。他一氣之下將我按進水中。我足足地喝了一大口又鹹又苦的海水。我逃到沙灘上，躺下，佯裝生氣。望著高曠的藍天，悠然的遐想使海灘和天空成了虛幻的背景。

海的對岸就是我的國土。在那上面有一小塊地方，很小很小，按照我的想法布置得溫溫軟軟。那是我的鵲巢。

陽光令人沉醉。想著想著，我睡著了。幾乎沒有夢痕，我醒來。幾隻海鳥鳴叫著掠過天空。四周寂靜無人，只有那輛本田摩托立在遠處。一種不祥的感覺湧入口中。我呼喊著G，奔跑著搜尋他，卻只見陽光、天空、海與沙岸，不見他的身影。

海水悄悄湧上我的腳面，再退下去，猶似恐懼爬上我的腳趾，直襲心頭。

海面不見一個人影，一點船影。最可怕的事情發生了，在我熟睡的時候。我沿著海岸奔跑，呼叫。喊破了嗓子，我的聲音仍顯得那麼微小，幾乎剛一發出就被海洋的巨大空間所吞併。

走回摩托車旁，我抱起他的衣物，嗅著他的氣息，悲從中來。淚流滿面的我，想像著他被鯊魚一口咬住，咀嚼，碎裂，血肉模糊……我經不住他倏然消失的打擊，伏在沙上慟哭失聲。心的痛楚中，暈厥襲上頭顱。

從休克中醒來，一個渾身沾滿沙粒的裸男立在我的面前。他一笑，臉上的沙粒紛紛脫落。他背後的太陽光使他渾身金光燦燦：他彷彿剛剛從蠻荒和童話的交界處走來。

他俯下身，從腳趾開始，一點點吻我，直吻至頭髮。然後，緊緊地將我抱在懷裡。沙粒刺痛著皮膚。我又開始哭。我說：「我以為鯊魚……」他指指近旁的沙坑，說：「我藏在那兒。」我哭得更凶，將全部恐懼、愛、死別的痛苦、對「復活」的大喜過望、委屈，一股腦注入眼淚中，流瀉出來。他用吻，充滿痛苦的愛情之吻分解我的哭聲。

他抱起我，走進海中。他用海水一點點洗去我身上的沙漬和臉上的淚痕。海水及胸。我們擁抱、親吻，海的浮力使身體輕輕飄起。光滑滑的肌膚相依相擦，我們像魚。魚類排精排卵，並不通過身體的直接交媾。在水中，牠們找不到重心。人吶，據說人的第一祖先是魚。在水中，我們像水草，我們像魚。是的，魚是我們的共同祖先。

他不斷地像飛魚那樣躍起，展開雙臂，落下時用雙臂擊水，不讓我逃出他的攻擊範圍。水花兒、水浪和人，閃閃發光。我開始無力地還擊，但水阻緩我的手臂：待我吃力地從水中撈出自己的手臂，頭臉之上早已被無數陣水浪所洗劫。我只好深一腳淺一腳地向岸上逃。退路已被攔劫，他就在我的身邊。我向他撲去，他躲開了。眨眼之間，他又在背後朝我發出嘻笑和水擊。我被水嗆得鼻酸舌苦，竟用漢語喊道：「不跟你好啦！」他這才停下來，用日語問：「說什麼？」我看到他金褐色的頭髮溼漉漉地沾在前額上，目光認真而純淨，乘此時機我撩起海水撲面潑過去，然後轉身逃跑。眼看著就要逃上沙灘時，他從後面撲上來。我們同時倒在淺水裡。我們緊緊摟抱著，一半在水中，一半在陽光中。

撫著我的雙肋我的雙臂，他不勝溫存。溫存深處，快慾和絕望同時滋生，並節節膨脹。純粹的堅挺瞬間就會爆射。一旦出現愛，肉體的溝通就顯得悲劇味兒十足：愛是英雄，相愛的身體是英雄馳騁的疆場，疆場的四周則是英雄的末路。

我們「私奔」了。他拋棄了他的大學，他的家，他的親人，他的前程。我拋棄了我的小提琴和尋找E的計畫。我坐在他的脊背後，飛馳在偌大一個海島的沃土上，我們私奔了。

山間溫泉的月夜，澄徹得令人超塵脫俗、寵辱盡忘。把身體浸泡在溫熱的泉水中，月光透過濃密的樹冠灑在水上、身上，G的臉顯得純正、潔淨，素日的野性盡被洗去。接吻的時候，他的鼻子，嘴唇和雙目，彷彿是另一個少年。他閉上眼睛，我的心一陣痛楚。某種預感迫使我將他抱得更緊，我害怕他像魚一樣游走。

我收回目光，停止手的撫摸動作。泉水的液狀和溫度將我與他隔開，雖然很近，卻恍如分隔在大洋兩岸。

他帶我來到山崖邊。崖下，是清清的溪水，月光照射出溪底的石塊。崖雖不高，但還是令我產生暈眩的恐懼感。隔溪聳立的山崖上長滿茂密的樹木，樹葉呈鐵青色，反射著月光。我們私奔了。在還沒有開始私奔的時候，我似乎便已知曉，這裡，便是終點。

不知不覺，我與他手拉著手站到了崖邊。一陣更強的暈眩伴隨我們手與手相挽的力量使我的身體飄向空中。在某一瞬間，人無疑是一片雲。是的，我們是同一色彩的裸體雲朵，縈繞在崖巔，飄浮在崖間，我們如雲般如鳥般飄向崖底。那裡有我們的身體共同的歸宿：這樣一來，兩種生命兩朵靈魂便可以永不離散地複合為一了。

遍體劇痛將我喚回溪底的世界。涼絲絲的溪水漫過身體，疼痛陣強陣弱。仰視中的山崖與某種記憶相聯。究竟是什麼記憶呢？意識清醒起來：我是在太平洋的一座島嶼上，那位叫G的小夥子應該拉著我的手，在我的身邊：可此時他不在。我望向四周。清泠泠的水在晨曦中顯得神祕幽深。跳崖殉情，原以為只在傳奇故事中，如今卻應在我們身上。

搖搖晃晃地站起身，四處尋找他，但見清流徐徐，晨光寂寂，G已像童話人物悄然消失了。

沿溪水尋找到一條可以攀援而上的「路」。樹木和石塊幫助我爬到崖上。穿過晨霧中的林木，我回到溫泉邊。我和他的衣物猶在，而摩托車已不知去向。

緩緩地浸入溫泉中，凝望著扶疏樹木後的東方天際。紅霞轉成金色的瞬間，旭日冉冉升起。剎那，淚水湧出眼眶，撲簌簌落入泉水之中，胸口則似堵了一塊巨石。

孤身登程，穿著G的內褲G的T恤和牛仔褲。頭腦中，總有一個裸體的青年騎著本田摩托在迎風馳行，並時時與一具潔白無瑕的屍體疊印在一起。

把手指探進褲腿上那個小洞，可以觸到彷彿是他又彷彿是自己的腿部皮膚。跳崖，殉情，旅行，都恍恍然，如同虛幻。它們彷彿是場夢，　場別人講述出來的夢，從來就沒有以任何現實的形式存在過。然而，南日本的風物和身上的累累傷痕，跛著走路的腿，都以極表層的現實形式昭顯著反覆昭示著那段故事的真實性。

純然精神的或情感的意義上，我愛過誰，誰愛過我？

純粹肉體的或生殖的意義上，誰愛過我，我愛過誰？

G和我跳崖殉情，他死了，屍體被清流送入海中，而我像太宰治一樣活了下來。他不是《霧港水手》中故意留下衣物以迷惑偵探的奎萊爾，我也不是吉爾。我們相愛。我們私奔。他為愛我而獻出性命。我活下來，我不知道是不是有比愛更巨大的力量挽握住我的生。

穿著G的衣服，頭上冒著細汗，肌腸轆轆，獨自走在早秋的土地上，浮想聯翩。身體上的傷痛不斷提醒各個部位的存在。以往它們的位置和價值都受到過忽略。走著，想著，飢餓和疲憊中，癢酥酥的悠然自得竟悄悄爬上心頭。這種莫名的閒逸將幻想誘至眼前。我再一次看到一位英俊青年赤裸著全身，金褐色的長髮迎風飄舞，騎著一輛海藍色的本田摩托車，威風凜凜地繞我轉了三圈，然後頭也不回地直駛向遠方，愈行愈遠。這時，我才確定，他的確走了，走得很暢快，很舒展，無牽無礙，懷著真摯而熾烈的愛：我的親愛的G走了：當肉體無法承載情感的分量之時，他輕鬆地擺脫了它。

我的G的家，是一個獨立的小院落，院中種滿了花草。一幢不大的和式房屋之後，是一座不太高的小山，山上蓊蓊鬱鬱，樹木蘩茂。一條用竹管引下的溪水流入院中的水池，池面上飄著一、兩朵開放的睡蓮。

遲疑著站在鐫有「G」字頭的門邊，陣陣奇特的花香飄來，浸入脾腑。這就是他的家啦。他生於斯，長於斯，還未及向它告別就去世了。他的母親，他的父親，他的弟弟，會怎樣面對他的死，會怎樣對待我？

顫抖著手指按響門鈴。一個面容酷似G的少年打開門。我吃了一驚。他幾乎與G同樣身高，只是更瘦，面色更白皙。會不會是G重生呢？他問我：「對不起，有事麼？」他不認識我。我放心下來。如果他還活著，我應該慶幸。奇怪的是，我並不像自以為的那樣渴望他還活著。倘若打開門的是G本人而不是他的弟弟，我會昏倒，還是會逃走，會哭，還是會撲上去擁抱他，結「再生姻緣」？

在歐式客廳中，他的母親接待我。一杯咖啡，送來溫馨清爽的家庭氣息。透過她的潔淨面龐，我企圖找尋G的原初生命。從門口的鏡中我看到，坐在敞開著門的鄰室中的弟弟，像個替補隊員一樣，將影子映在門玻璃上，悄然等待著有關哥哥失蹤原因的消息。他似乎隨時可以長大，頂替哥哥的位置。他也會愛上我麼？她呢，會恨我？

枯坐了許久，想說的話都說不出來，只是說：「我們是好朋友，回國前想來看看他生長的家庭。」

她帶我進入他的臥室。一打開拉門，我便嗅到了他的氣息，猶如投入他的懷抱。木質的牆上，隨意釘著各型汽車、飛機、摩托車和駕駛用品的招貼畫或照片。榻榻米上放著一張軟床墊，上面鋪著美國國旗圖案的厚床單。榻榻米上放著七、八種健身器材，還有一支裝進套中的網球拍，兩只嶄新的網球滾靠在牆邊。一個很矮的書架上放著一排大學課本、一排漫畫書、一排可攜式小說，還有一排日記本。一本較大開本的《中國語入門》夾在其中，很顯眼。書架的旁邊，有一張漆木條案。

她恭恭敬敬地捧來他的寫真集。我打開，第一頁是他出生後過第一個男童節時被父親抱著站在鯉魚旗下的照片。他父親的樣子不過二十多歲，很像他與我相識時的樣子，只是更溫和一些。他穿著藍白格子的小和服，神情十分嚴肅。那時他還不滿一歲。嬰兒時代的他，沒有一絲笑意。小學生的他，總是笑開了嘴，穿著學生裝，冬天也是短制服褲，白襪子，黑皮鞋。中學時的他似乎有幾分憂鬱，常常是在毛玻璃濾過的光線中注視著畫外，目光有些茫然。高中的他成了棒球明星，在夏季高中生聯賽上，作為主力擊球手為他所在的學校贏得了冠軍。寫真集最後一組照片都是於賽場上抓拍的快照，他的男性魅力在這些照片上坦露無遺。我選擇了一張他緊抿著嘴脣揮棒擊球的近景照，大膽地請求他的母親將它送給我。她猶豫了一下，點頭答應了。

走到街上，微風習習。他的媽媽、他的弟弟、他的小房間，離我愈來愈遠。兩條涼涼的淚水流下面頰。與他、與他的家庭的瞬間聚散，就此成為永恆的過去式。

街上的行人，都穿著假日的服裝。在午後的陽光中，他們的笑都顯得很虛假。每個人都在按照自己的習慣和目標行走，沒有人關心今夜會有多少顆星星殞落，沒有人關注另一顆心的痛苦。人群如蟻，但此時於我，城市猶如無人之境，空空寂寂。在我的情感的「空」中，沒有城和人的影蹤。

倘若能夠懷上他的一個孩子，在我的「空」中，那麼我身邊就會有一個小小的他，我將他一天天養大，像撫養一個情人，他會像他的父親一樣愛我，在我死後，他會懷念我，像我此時懷念他的父親一樣。

飛機降落。我走下舷梯。天色灰濛濛的，有種近似冬天的蒼茫，像煞我的心境。

走出海關，A接過我的全部行李，他穿著大紅色的運動秋裝，依然結實幹練。時光流轉，他依然是我的第一個男人，依然是第一個進入我身體的人。他是個象徵物。他不變。

他顯得很興奮，滔滔地講著我走後的船城和人們的軼聞趣事。在我聽來，無一不空洞而乏味。身心交瘁的感覺，將他傳布的資訊全部處理成灰白兩色。

他告訴我，E在一個月前回來了。在計程車中，我瞪大著眼睛，如夢方醒。我本來是去找尋他，可是他成了線索，主題早已落在另外的旅途、另外的人物身上。

秋風透過車窗吹上我的面頰。公路上的草木已呈五色。我想起媽媽，想起故鄉月城。

童年的我，恍若就在車窗外的林木中奔跑，穿著咖啡色燈芯絨套裝，絳紅色漆皮鞋，肌膚潔嫩，笑顏可掬，黑亮亮的眸子望向車中二十五歲的我，好奇而專注。他不認識我，但對我風塵僕僕的靈魂和面容產生了興趣。他開始繞著兩棵松樹轉圈地跑，我想看到他，可車速使我從那片林木飛掠而過。一轉眼，他消失得無影無蹤。

又是一個星明月虧的夜晚。船城的喧囂漸漸地喑啞下去。我和A對坐案前，隔著燭火，隔著酒肉，隔著一段並不開闊的空間。我喝了一些酒，他也喝了一些酒。他將手臂從桌對面伸過來，抓住我的手，緊緊地、熱熱地抓住。他告訴我，他已離了婚，他離不開我的「空」。

一枝紅燭燃盡，火苗倒下去，熄滅在燭淚中。

我說：「夜晚真好，又黑又安靜。小的時候我懼怕黑夜，怕夜的濃厚的黑暗，怕樹影，怕夜的神祕靜穆。現在，夜晚真好，夜晚真自由，精神和幻想，回憶和思索，都可以自由自在地跳舞放浪。男人和女人，男人和男人，人與動物，都可以放情地交媾。我和你，可以無拘無束地喝酒，毫無隱瞞地談話。」

我說：「夜晚真好。你知道麼，你是我的第一個男人。你第一個刺破我的混沌，告訴我，我是一個『空』。從那以後，『空』成了我的哲學主題。我想擴大我的空，我想填滿我的空，我愛上了許多人，也接受和拒絕了許多人的愛，我演奏了許多作曲家的作品作了很多很多夢，卻無補於空。我還是那麼空，無根無據，無邊無際。我不想這麼空，我想實實在在，可是不能。我反過來以空為優越，以空來成全自己的靈魂。我想忘記感情，拋棄肉體，可是我還活著，還在飲酒懷舊，還在夢生夢死。

我對他說：「你挑明我的空，卻不指示我解除它的方法。你的陰莖是一支筆，你是個魔法師，我被施了魔法。我想起那個晚上，秋風徐徐，我幻見一個少年在星空下記錄星星眨眼的頻率和斗換星移的宇宙旋律，用五線譜紙。多少年來，我一直在回憶他，一直在潛意識的指引下尋找他，我遇到了許多與他彷彿的少年，我愛上他們，立即愛上他們，可是他們都與我分開，像他指揮的星宿，相互之間保持一定的距離。時空的迷霧遮住我，我望不見他們。只有你，坐在我的面前，似乎從未離開過這個位置，注視著我，用目光刺痛我的記憶，用目光的筆和陽具的筆劃出我記憶和靈魂的空。」

我說：「空，空洞，空空洞洞。我不是男人，也不是女人。我活著，卻總是感到死亡，總是感到它在我的體內徜徉。我記憶，卻將許許多多確曾見過的人、發生過的事忘記，有一些幻夢卻似真事一般記憶如新。我哭，淚水流下的瞬間卻認為它是流出來給自己看或給戀人看，為的是證明血沒有冷，感情猶在。想躲開人群，卻又擠進去，從中選中一個戀人，與其相戀，再同他生離或者死別。統統像演戲，統統是表演，統統是誘惑，統統像拐騙。如今往事何在，戀人何在，時光何在？我是空的倒也罷了，為何讓他們和他們掉進空的深淵，永遠在空中下墜，永遠也發不出回聲，掉不到淵底？」

我說：「我想與你互換，我是你，有黝黑的皮膚，明亮而狡黠的雙眼，端正的鼻子，野性十足的嘴脣。我想扮演你，不再扮演『空』。我想換個位置來通過插入而不是被插入來瞭解『空』。可是我不能，我逃不出你施的魔法，我只能望著自己深不可測的空，孤獨，孤單，孤立，束手無策。我對著自己的『空』高喊，它卻從不給我回應。」

我說：「有時我為它感到舒適。有時我為它感到痛苦，甚至絕望。有時珍視它。有時我掙扎，想掙脫它。它給我自由，又似鎖鏈束縛著我。它是生命的空，不是死亡的空。你既然能挑明它，那麼也請指明，死亡的空在哪裡，死亡的空又是什麼樣子？」

我說：「你搖頭。我的導師，你也搖頭，你的槍不是向所無敵麼，它能射出精華的子彈，射入生命的空，它能同時創造死麼？你創造你自身的死，累積你自己的衰老和死亡。你把生命力輸入精子囊，射出它們，來實現死的才能，在創作我的『空』時，你在部分性地死亡，是麼。」

說著說著，我失聲慟哭起來，A抓緊我的手，越抓越緊。我感覺不到肉體的存在，感覺不到。人間萬象，都在淚水的對面和背後變得模模糊糊。一瞬間，只有那個小男孩坐在秋風裡用五線譜記錄星群眨眼的頻率的畫面，清晰地出現在眼前。

他聽到我的聲音，便轉過頭，望著我。我吃了一驚：他已長大，成為一個小夥子，頭上戴著閃著金屬光澤的桂冠，眉目清秀，臂長腿長。他呼喚著我。他是G，他是F。他是E。他是D。他是C。他是B。他是A。他是我自己。他問我：「你的小提琴呢，我親愛的小貓？」我說：「在阿波羅與塞菲拉斯的愛情較量中，它被鐵餅砸碎了。」

又開始畫你那張嘴唇，畫得像一朵桃花，畫得鮮豔欲滴，畫得充滿挑逗和誘惑，畫得像一個妖怪。你以為你是風信子。你以為你是風信子你便進入了神話。你以為背叛是一種新潮，是一種前衛，一種先鋒狀態。請放心，我會幫你來實現你進入神話的夢，如同我幫助你來到人世，如同我幫助葉紅車飛上夜空。如今我來幫你畫你的嘴唇，畫得大而又大，厚而又厚。來吧，照照鏡子，這樣多美，這樣多漂亮多性感。來吧，我的唯一的後代，來，同我擁抱，來，讓我們接吻！

你拒絕，你可以同隨便什麼男人接吻，為什麼拒絕我？看看，好好看看我，我是你父親，你生命中出現的第一個男人，天經地義的第一個。難道你不想打倒我，用你的魅力？我們早已身處兩大陣營——傳統的男性和叛逆的男性，父與子的關係被它們激化深化，形成了嶄新的對立。我想打倒你，咬死你，撕碎你。你難道不想以你的吻打倒我？來吧，我美麗的風信子！

不要後退。你的後路是牆，前路是我。向前一步，你碰到非少年型的老男人的嘴、牙和舌頭。向後一步，你碰到牆。冰冷的無情的牆，像棺木的四壁。對，沒錯兒，我是臨終關懷院的院長，我關懷一切臨終的病人，甚至老貓。現在，我對你實行臨終關懷。在我的眼裡，小貓已經死去，變成一株風信子。你笑，對我的嘲諷持一種純真的信任。你咧開你花朵般的雙唇，你開放了你的豔麗，好，多好，來呀，我們接吻。然後，你自殺。然後，我把你的骨灰用禮炮射上夜空。如何？來吧，只要我們一擁抱，只要我們一接吻，你就勝利了，你就等於打倒了我。來呀，不然我就要發瘋了。好，走近前來，不要猶豫，不要發抖，來吧！我手裡只有一把小手術刀，我不會閹割你的，不會。

IV 複製：船起船伏

空，空洞，空空洞洞。空，空虛，虛空，空空蕩蕩。蹲在監牢的鐵窗下，我反反覆覆反反覆覆叨念著咀嚼著這些生澀的字樣兒。葉紅車生前，是否也同樣空洞空空洞洞，他死後，依然空空蕩蕩，還是被死亡填滿，那個我不再認作兒子的小提琴手，在被親生父親閹割之後，更加空洞還是更加充實？

我被傳訊、被審問、被判刑，以有意傷害罪。對此，我毫不反悔。作為後代的創造者，我造錯了一個性別，或者說造錯了一個人的性別，這是我的疏忽，我的罪過。我寧願承當一切刑律制裁。我收回了他不想有也不該有的器官。我萬分痛苦地履行了我的職責。我付出了巨大的代價。我甘願付出這樣的代價。只可憐了我的結髮妻子。她在平穩的生活中完好地保存了天性中最純粹的脆弱：不堪於家庭事故的襲擊，她病倒，然後辭世。這一切都發生在我鋃鐺入獄之後。最後的日子誰陪伴她，荒涼的葬禮如何舉行，我一概不得而知。據說，她死前並沒有譴責那個小提琴手。出乎我的意料，她以母性的大地法則寬解了容納了我的家族的末代子孫。與其說是不肖子孫給予她致命的打擊，不如說是兩個至親之人突然反目成仇，父去子勢的末日境況使她喪失了生的全部信念。為此我心甘情願忍受鐵窗之內的「大監禁」。

我從未想到自己是罪人。我在服刑，但我並未犯罪。葉紅車遵守了他的上帝的禁令，他的靈魂和生命得以升上月城的月空，與焰火同綻放。他用一生去抑制心願、情感和倒錯的慾望。我尊敬他的人生。那個小提琴手像我一樣不信上帝，卻並不像我一樣謹守上帝的禁令。我以我的手段罰懲他，罰懲變態分子，儘管他曾經是我的骨肉之親。我不是罪人：我因罰罪而犯罪，還能算犯罪麼。

假如不是在獄中遇到淳于仙風，不是囚居中唯一可以相對的人的搗亂，我的這一信念是絕不會動搖的。起初，我對他的花花公子派頭反感至極，連同他的名字。在他的身上，除去吊兒啷噹滿不在乎的神氣，玩世不恭的裝扮，半老徐男式的英俊，喋喋不休的廢話，哪裡有半點兒仙風半段道骨。世風日下的時代，獄風日下的監獄，隨處遇到的都是這樣的公子哥式的人物。我不理睬他，同他不置一詞，對他不屑一顧，一任他終日聒噪。天長日久，我被他折磨得忍無可忍。他三十歲搖頭擺尾的樣子，不再意味著平面的浪蕩人物。他走動，他便溺，他狼吞虎嚥地吃光難吃的獄飯獄菜，他瘋狂地對著牆壁手淫直至撞破龜頭，他的嘻笑怒罵，以及對獄外生活充滿信心的嚮往和期待，將他的形象滋潤得日益豐滿起來。我愈來愈厭惡他，又愈來愈躲不開他。在僅有兩個人的空間中，不是互相仇視就是互相恩愛。無論如何，相互依賴是無可避免的。有的時候，我像愛我的兒子那樣喜愛他。有時候，我又像恨那個畫著豔麗的桃色嘴唇的小提琴手一樣恨他。尤其是在我從他的言語中聽出他既與葉紅車又與小提琴手之間有過隱祕關係之後，我愈發恨他愈發注重他。許多次深夜醒來，借助牢窗透進的一小片月光，我俯在他的前面，盯著他熟睡中的長臉，想扼住他的咽喉，掐死他。

一座虛偽至極顯得有幾分喜劇色味的城市，連監獄的名字都起得令人肉麻。嘻嘻嘻，「載月沉船」，既是沉船，何當載月：不倫不類，像你的兒子小貓。不要發怒，動怒會為你惹來獄中之獄的災禍。我堅信有其子方有其父。難道你以為你多麼正派多麼無懈可擊麼。一定是因為你的作為過於規範，才被「載月沉船」船載以入，過起了甜美的囚徒生涯。對了，院長大人，這對你來說一定像一個簡潔的童話故事：坐牢，無非是周而復始地什麼也不做地坐在牢獄中，等待夕陽西斜，等待月上柳梢，等待太陽東升，等待放風，等待吃難吃的三頓稀飯，等待體力恢復之後進行下一次自淫。如果攤上你兒子那種可人兒，也許我還可以有個性伴侶。偏偏碰上你，一個老頭兒，過於正經兒，身上不僅沒有多少人味兒，連獸味兒都差不多被規範的生活腐蝕得透淨透盡。沒勁兒，同你派對兒，真沒勁。掃興的院長大人，還是什麼臨終關懷院的院長，一聽名稱就晦氣。

什麼，不許老是提你的兒子，你沒有兒子？這恐怕不可能。你被判刑的罪名就是「有意傷害親子」，你今日明日的一切都將與此罪名緊密相關，豈可迴避「兒子」這類的字眼兒。你一見到我就討厭我，我也同樣，一見你就討厭你，程度絕不下於您老先生。一個對女色和男色都無感於內，無動於衷的人，不是形同草木又同於什麼。目迷眩於五色，情動感於六慾，方為真心真人。而你，假惺惺，一本正經，一副道德偽善的面孔，怎能不令人望而生厭。同你派對兒，倒天大的楣。

比起你，我既年輕，罪名又輕。「情殺未遂」，比你謀害親子，無論聽起來還是做起來，都朗麗得多鬆爽得多。你坐監牢，有多少美麗的往事陪伴著你：一件，兩件，或者一件都沒有？這才叫真坐牢。牢獄外的世界根本沒在你的心上留下什麼妙不可言的痕跡，你便被丟了進來。你也不必盼望出獄。一出獄你已六十五歲。年齡即便不重要，性靈呢，你又天生不具備如花如水如雲如風的性靈。出了獄，你又能怎樣？你所堅守的生活的最後一座堡壘業已塌陷。妻離子散家破人亡之後，你還能重新坐上院長寶座麼？你那個被切斷輸精管的兒子，即使回心轉意想為你生育後代，恐怕也不會有任何突破紀錄性的成就。更何況，今生今世你能否再見到他，都還是個懸念。

我則不同。我可以每天回憶一段愛情往事，每年回憶三百六十五段，兩年加起來才不過七百三十段，人生三十年，從十歲初戀起，七百二十個情人七百二十段情愛還是有過的，假設被判刑五年也沒關係，把那些沒有動過感情只經雲雨的算進來，再把男女性別打亂一下，五年的回憶材料也還是綽綽有餘的，迫不得已的話，還可以期待，期待兩年或五年之後，世上又像蘑菇園一樣長出了許多新鮮味兒美的人物，他們在「沉船」之外等待著我興沖沖的出獄腳步。

其實同你講這些你也不動興趣，現在輪到你講話，你可以詳細地講講你的童年：你好像沒有童年，那你就講講小貓的童年。我與他同齡。或許，我與他同在一個幼稚園同一個班同一個遊戲室，午睡的床還是相鄰的。或許，我們一同去上廁所，互相看過甚至撫摸過對方的陰莖。那時我們都還太小，以為它只管撒尿。那時我們都還長得太嫩，太像小女孩兒，很容易被染有幼女癖的老頭子誤認作幼女，騙到不見人煙的地方進行猥褻。或許，我與你兒子是中學同學。起初我誤以為他是我的情敵。因為大凡那種「搞同」的男人，在年輕的時候都長得乾乾淨淨，很討女性喜歡。後來，我發現他偷偷寫了一首詩，竟是題獻給我的，誤會消除後，我們成了終生的好朋友。後來，他考到船城去拉小提琴為生，我還去碼頭送過他。送他的時候，他像與戀人分別一樣抱著我哭，哭得跟秋江邊上的佳人似的，我則像個才子。

好，這段彷彿虛構的故事暫且打住。現在輪到你為自己作自傳。你還是沉默不語，對罷？這是你抵禦惡濁空氣的拿手戲，對罷？現在起，我沉默三分鐘。三分鐘後若是還不開金口，就別怪我搶了你的戲。

一分兩分三分鐘零一秒，時間到。三分鐘，猶如三秋，快憋死我啦。我這個人，保準在胚胎期就會講話了。也許不是完整的人語，是一種特殊的胚胎中的生物語言。一出生我就不停地講話，讓語音以山泉般的清澈拂過我的生命。要知道，在生前我是多麼沉默，一言不發度過了無限歲月。在死後，我還會那麼沉默，一言不發，打發更漫長無邊的歲月。我得抓緊今生今世的每一寸光陰，說話，尋歡作樂，說話，說話，說話。

你不肯說，把時間全部留給我，真像一個從未犯過謀害罪的高尚的人。或許，你以這種方式來贖罪。無論如何，三分鐘的人生大空白之後，我又可以自由浪漫地講話了。方才，我是多麼擔心您老先生像所有愛囉唆的老先生一樣，臭口一開再不肯合上。看來，你的罪愆多多少少給你帶來了一點點美德。你給我機會，讓我有機會大肆揮霍他人的美德，以快自己的口舌。謝謝，謝謝先生。

你直愣愣地盯著我，為什麼，為我的謝意還是為我說出了你兒子的年齡和城市，一定是後者。你還有所不知。我是整個「載月沉船」上唯一受過刑偵專訓的人。住在這裡的人，不論男女老少，只要我見過一面，我就能說出他的全部犯罪檔案。你不信，但又不敢搖頭，怕一搖頭就陷入了交流的羅網。其實，你大可不必如此謹小慎微。你搖搖頭或點點頭，船頂不會塌下來，天也不會砸在你白花花的頭上。你怕什麼吶，有一個能說會道的人守護著你，無論遇上什麼事件，只要我鋼牙一開，保準逢凶化吉。講話的才能是人從獸走向神的最佳途徑。對我來說，每一句話都是一句禱辭，因此神祇的路途才在我生命的盡頭接續著我。

言歸正傳。言歸正傳。我知道你的心病。你的心痛恰在養育了一個不肖子孫的位置上。其實，你的兒子既沒有錯也沒有病。他認真地去愛一個或幾個同性，充滿真誠地與一個或幾個同性分別於不同時間不同地址上床相親相愛，這有什麼可恥：你只在你同性的異性身上傾注與性慾相關的熱情，他只在同性身上如此。我吶，既不止於異性也不止於同性。我在同貧富等貴賤的思想基礎上更進一步發展了同男女等性別的思想。我反男權主義：我是一個性別大同主義者，徹頭徹尾的。

你反感我的論調，這擺在你的臉上。且不說它又老又醜，只那些藏滿規約的皺紋就足以將全世界的熱情都捆住。口中還念念有詞，像個技藝低劣的冒牌巫覡。我看出來了，你掌握著一個咒語，一個十分單調的四音節的小玩藝。讓我來仿製一下你的口形。唔，「刀澀錐鈍」。對不對，不對？那就是，「道者最尊」。對，沒錯兒，不是「刀澀錐鈍」就是「道者最尊」。你就是個又澀滯又遲鈍的老兵器，早就不頂用了，還在講什麼「道者最尊」，還敢用手術刀閹割親生兒子。

我的話語一碰到你咒語的牆就如頑石沉入大海，不興一點波瀾。我知道，但不相信這是真的。進攻者自會有進攻者的實力和致命武器。我相信我的每一句話都進入了你的無意識，並將影響你殘生的一切行為：這也可算我的一個咒語。

現在我開始給你講故事，全是我親身經歷的。無論如何，我淳于仙風是個地地道道的正人君子，又是個地地道道的花花公子。在我的故事中，概括了人類全部的正與反，曲與直，真與偽，善與惡，美與醜，悲與喜。我奉勸你聽，不要同我玩那種「不聽不聽王八念經」一類的兒童遊戲。那種遊戲意味著十足的懦弱和掩耳盜鈴的虛偽。

我是一個私生子。不過，不是傳統型的。我只知有父，不知有母。為此我很高興。無論身在何處，我都把自己看成一個自由的流浪兒，絕無童話中流浪兒的孤單與淒涼，只有流浪兒的流浪的自由與快活。

我爺爺有錢，我爹有學問。我是有錢有學問人的後代，自幼把錢作了手上的花銷，把學問作了嘴上的開銷，卻從未把它們當一回要事。女人男人男人女人一向愛我甚於愛錢，甚於愛生命。他們的熱情堵死了我的愛情通路。於是我誰也不愛，只好誰也不愛。一旦愛上別人，準倒楣，這是我的劫數。為逃避它，我可是花了大功夫，直至把性格扭曲成玩世不恭的形狀。

其實我懷疑一切。懷疑我的爺爺有錢是個假相，因為他十分吝嗇，只對我慷慨大方。我懷疑他的慷慨的背後隱藏著罪愆，懷疑他的錢來路不光彩，懷疑他在培養我大手大腳花錢，借此將罪愆轉嫁給我。我最懷疑的是他不是我的真爺爺，我爹不是我的真父親。他們都長著大鼻大眼大嘴大腦袋，而我則比他們小一號，緊緊湊湊、幹幹練練的樣子，一副典型的美男子派頭。我從不愛什麼男人女人，只同他們玩性遊戲，玩得他們心蕩神馳，我卻心如鐵石情如鐵石陽物亦如鐵石。我懷疑他們口口聲聲的愛，甚至懷疑他們的呻吟都是裝出來的。我也懷疑自己是否有靈魂，懷疑體內的性慾和勃舉的才能屬於另一個人而不屬於自己。我懷疑有個漂亮的魔鬼鑽入我的生命。他很小，鑽進眼中我便看見陽光、樹木、河流和美麗的男人女人，鑽進肛門我便可以排泄，而鑽進陰莖我便堅硬挺拔，想插入一個洞隙將這種狀態隱藏起來。

我天性怕羞。這你準想不到。可每個同我睡過的人都說我厚顏無恥，除去兩、三個男人。我至今仍信任他們，一個叫葉紅車，一個是你兒子小貓。他們曾分別以不同的方式同樣的深度愛過我。我相信他們真愛我。不過，我似乎沒給過他們任何歡樂。以一個浪蕩鬼的身分，我同情他們。我不知道，他們那種人是否被愛過。不過，人都是咎由自取，他們的命運，活該他們自己承受。我曾想協助他們，可是我要享樂的事物太多，沒有太多的空閒去為別人生產幸福。

遇上葉紅車那個老頭兒或老女人的時候，我還是一個少年。記得那是一個月明星虧之夜。月城的喧囂被他的門檻在門外。我坐在他的視線中，橙黃色的燈光打亮了他瘦削蒼白的側臉。在他的四周，有一股令人生厭的虔誠和信仰的味道。我十七歲，但本能地敏感到這個長我一輩的男人過著與我天性大相徑庭的苦行僧式的生活。那時候，我已同日後一樣風流倜儻。

那一天，我剛與馬路族的一群小子打了一仗，頭上手上纏著繃帶。他不停地念《玫瑰經》，還向我講解什麼「玫瑰十五端」，暗示我去信奉他的主。我當然毫不猶豫地拒絕了。我不信那一套，寧願同別人打個頭破血流。流浪兒的生涯，使我至今對凶險、罪惡、死亡一類的概念模糊不清。我只知行動，只知做，卻很少想。儘管我擅於誇誇其談。我用談話代替了思想，或者說用言語將蠢動中的思想流放出去。

他終於有了一個說話的機會，他說我長得同我爸爸年輕時一模一樣。那時我很早熟，便問他：「你愛過我爸爸？」他點點頭，臉上露出了羞紅。你說巧不巧，子承父業，我和我的老子不同時卻被同一個男人愛上了。哈哈哈，我們在同一張情網中。正如同小貓因為愛我而與葉紅車落入同一情網中一樣。哈哈哈，同樣但不同時，同一張網在不同的時期網住不同的大男人或小男人。怎麼樣，老頭兒，你不掉進來試試，嘗嘗新鮮滋味？有朝一日，來生的你掉進來，那可就精彩而又精彩了。

臭蟲。流氓。無賴。誇誇其談的三十歲騙子。既不年輕也不年老的老色棍。多性戀者。淫心獸行的集大成者。我要用咒語將他趕走，將他打倒。他應該早點出獄。

我得為自己發明一種咒語，用以驅逐他的聲音和念頭，用以壓抑我的傾聽本能和爭辯欲想。用葉紅車的信仰語音屢試不應驗：也許我不是信徒，額上沒有金十字架，上帝看不見我的存在，無以幫助我。用巫術的咒語，諸如「啊啦啦啦啦」，我又覺得有失身分和尊嚴。試想，一個六十歲的白髮老人，在牢室中瘋子一般地邊跳邊唱「嗚啦啦啊啊啦啦」，有多滑稽。一個形象在緊要關頭跳了出來。一張鮮妍闊大的嘴脣和另一張小巧俏麗的嘴脣疊印在一起，都塗畫成很厚很豔的桃色。我下意識地捕捉住它，將它抽象化，口中念念有詞的叨咕道：桃色嘴脣桃色嘴脣桃色嘴脣。

它生效了，在一間斗方的囚室的陰暗潮溼骯髒中，它閃著光芒化為一句咒語，驅逐開一切語音，一切目光，一切牆垣，一切時間和空間。天地萬象之中，只有一個抽象的四音節符號：**桃色嘴脣**。它可以永無休止地反反覆覆播放下去，彷彿不受任何力量的干擾，卻能抵制一切力量。

坐在角落裡，與他所在的角落成對角線，他一講起我不想聽的話，或者我沒有心情聽任何聲音看到任何物象時，我就應用彷彿被神加上一道符咒的四音節符號。我屢試不爽，甚至當我在夢中遇見那個中段鮮血淋漓的小提琴手，也可以用它將他從夢境中趕走。

入獄的第二年，為抵禦邪惡的聲色記憶和現實形象，我發現了**桃色嘴脣**這一咒符。從此以後，我的潔身自好和出汙泥不染的品格得到了保障。儘管，偶爾它也會與那個升上天空的老齡患者或者從一歲到三十歲一直為我之子的那個人有所連結，但是時間愈來愈使它從兩張具象的五官上分析出來，獨立成章，專司我的心靈和肉體的清潔工作。**桃色嘴唇，桃色嘴唇，桃色嘴唇。**有時，我幾乎是懷著近乎感激的心情用無聲的口形反覆地部署它們。桃色嘴唇。**桃色嘴唇**，它不再是一種器官，一種著色的器官。它化身為我的靈魂衛士，生命的弓和箭。一旦需要，它便會射穿一切形象，一切時間的空間的障礙，一切寄生在空氣中的概念和情緒。桃。色。嘴。唇。桃，色，嘴唇。嘴，桃，色唇。嘴唇，桃色。**桃色嘴唇空空洞空空洞洞空空虛虛空空蕩蕩空空洞洞空空蕩蕩空空洞洞。桃色嘴唇桃色嘴唇桃色嘴唇桃色嘴唇。**

自跋　約等於陰脣絮語肛脣獨白

0

尖牙是北方的冷。齒間藏利刃，時時磨礪，隨時出動，在飢餓時刻，可以兇殘地絞殺任何動物植物，包括同類，包括天使和魔怪，包括花朵，包括外星人。它負責肉身。

嘴脣是南方的暖。脣間無撕咬，開張是期待，閉合是互吻。輕吻是愛戀，中吻是迷戀，重吻是虐戀。它負責靈魂。

嘴脣是特寫，正面大特寫。緊閉是沉默，是抗議。微啟是牙齒，是舌苔，是絮語，是祕語。開敞見咽喉，見腸腔，是謊說，是誦吟，是歌唱。張開嘴脣言說，可以寫實，可以虛構，可以是謊言，可以迫近真理。

當它側轉，當它被倒寫，當它被俯拍，當它被仰視，當它加上紅×，被禁言，當它塗成豔紅，被娼妓化，當它擦除去肉色，被黑白灰，被去性化，當它笑角度，當它哭角度，當它退出特寫混沌於閱兵式、淹沒於開國大典……嘴脣是人物，是性別，是身分，是政治，是文本。

嘴脣不是修辭，是語言，是話語權。

1

作為修辭學的嘴脣，遠比作為語言學的嘴脣有趣。有關它的趣聞軼事連篇累牘無法窮盡，精選兩則，黏貼在這裡。

先是上闕：陰脣修辭的起源。

童年的我，我遷徙與居止在鐵路社區，粗狂有力的汽笛聲，每個黑夜都與星月一起，伴我入眠。

蒸汽機鐵路是男性化的，很多工種只有單細胞男性。東北鐵路是滿鐵的延續。大漢民族外掛大和民族，催化了鐵路人的大男子主義。我的男童鞋們，順理成章地成為小男子主義小虎隊。他們總是背著單肩布書包，翹著東北型小屁屁，並立在教室門外，不進入，因為教室裡全是女生。上課鈴聲振響之前，小虎隊們絕對不踏入教室半步，也許是生怕外掛的小ＪＪ太小，被人發現。

因為我生來脣若桃花，小虎隊們從來不去糾結我的性別站隊。每天，每個課間，我都可以怡然無礙地走過長長的走廊，穿越每一個班級的小虎隊陣列，端莊大方地踏進六班教室，與紅脣族同在。

非鐵路區域的野孩子，撞見我的烈脣就會尖叫，叫我「假姑娘」，尖叫得無知無識。我很討厭那個標籤，不是因為它在東北地域是個汙名，而是因為它來自愚蠢的靈魂，愚蠢得真假顛倒。我也替那些被低叫為「假小子」的童鞋感到人生不值得，ta們明明是真鐵男，比男生還男生。

幸好有一天，一個陽光大好的雪後正午，一個英雄救美的反經典故事替我出了這口惡氣，場面和臺詞相當值得回味，所以記憶透澈，記載如下：

我哼著歌，獨自去上學。一旦被自己的內心的旋律打動，我就大甩臂，一蹦一跳，化身蝴蝶。從日式厚磚牆、帶雨搭的鐵路居宅到鐵路一小的必經之路上，有兩排土坯平房，那裡埋伏著一列群嘲少年團。在我的飛臨之前，他們或許已經高潮了很多次，導致他們猛然蹦出的動作參差不齊，登場即有潰軍相。營養不良，服裝破舊，面皮皴裂，由於高寒和高度興奮，紅腮蕩漾，在雪光中氾濫著年畫的喜感。這些，大大地抵消了他們預期的威懾力。好在領隊的兄妹經驗豐富，憑藉「假姑娘」的怒吼和無實物揮刀劈砍的武打動作，鎮壓了我的翅膀，把我的身體速凍成鹽柱。有點小意外，妹妹比哥哥更猛力，砍砍殺殺的武功也更標準嫻熟。我猜，她有拜師學技。

危難時刻，我得迅速開啟鄙棄大場面的天賦。我旋轉眼珠，輪看著他們。恐懼是肉身的職責，靈魂，要永遠高颺。怯弱的局部，只是我的眼睛，不是眼睛中飛速輪轉的光芒。有點小帥的哥哥立即識破這一點，逼近我，勒住我的衣領，以便更顯高端地俯視我。窒息襲來的同時間，他的手善良地鬆了一鬆。生命的生物鐘悄悄告訴我，那一刻，死亡不會來臨。

「滾開，廢物！」隨著一聲低沉有力的命令，大長腿金朝鷹劈開少年團壁壘，直逼哥哥。

「你才滾開！來找揍嗎？」

「放開她，老子可沒想與你們動武。」金朝鷹很鎮定。

「你是誰？膽敢攔著我！」

「我是誰，你管不到。沒聽說過，就到火車站打聽打聽，老子我姓金。」

「他是你什麼人，你來護著他？」

「我女朋友，不行麼？」金朝鷹故意很色情地看看我，順便把我從惡人的指尖上扯出來。雪光耀眼，他超酷。雖然，那些似真似偽的情色表情，頗是青澀。

「他是男的呀，有雞巴，你不知道？」

「管天管地拉屎放屁，你還管雞巴。你去管你妹，她才有雞巴。」

哥哥果真側臉去看與妹妹。他們有著相同的面龐，小而好看的眼睛，清瘦清瘦。如同兩枚打開同一幣面的同值硬幣，他們面面相覷的畫面，滑稽而有愛。

爆紅了臉，惹他羞怒部位的聯想躍然臉上，袒護姿態也沒能遮蓋住：「我妹沒有，他才有！」

「她那是陰蒂。長在她身上，那就是陰蒂，懂不懂？你管天管地，管不到陰蒂。人體解剖學看過沒有？沒看過，就叫土老帽兒。」

哇呀呀，眾人皆懵他獨醒。拉著我，邁開大長腿，他把群嘲成癮的少年天團，永遠地留在東方偏北的雪地上，鹽化成雕。

這個名場面過後，原本男喉女嗓的我，勤勉擅學，無師自通，暗自發明出善用陰蒂發聲的歌唱法。每次班前紅歌會，我的歌聲總會雲然飄起，紅歌化為情歌，穿廊破壁，抵達三班，金朝鷹的所在。無論他是否真的聽到，每次走廊相遇，他都會用大手弄亂我的天然捲髮，並且對三班小虎隊成員誇耀說，這是我的馬子。

此後經年，我跟隨家族搬遷到東北更北的小城，再也沒有見過他的大長腿。如果現在，在佛羅里達東北正東的海灘遇到他，我一定會請他吃海鮮大餐，之後，窮盡畢生性的學術，包括酷兒理論淬煉過的前導技術，為他提供性服務。白沙如雪，東北正東方。甜品時間，上一道心靈性的性，才算成就人生至境。

透過金朝鷹解剖學，我第一次認識了自己並非畫餅的陰道，並且早早地領悟了用陰唇的力度鼓動嘴唇，上下協力，超八度地歌唱，有時，也呻吟。

日日超八度，我很快唱破了嗓子，早早地葬送了當高音歌者的夢想。畢竟，單憑意念創生的陰唇，需要強大意志力每時每刻的維護。好在我收穫了意外的遺產，那就是毒舌的功力。如果聽到哪一個歌者唱功不好，我就吐出淺毒的毒舌，吐槽ta不會用胯帶的嗓子。

2

是為金朝鷹陰蒂論。

3

作為修辭學的嘴脣，遠比作為語言學的嘴脣更具有逸文價值。這裡是下闋：肛脣的崛起。

九月九日下午，一列客貨混掛的火車抵達賀民車站。停車一分鐘之後，列車鳴笛啟動，一節綠皮客車和一節短廂敞篷貨車被遺落在泛光的鋼軌上。綠皮車廂集裝著九十名下鄉插隊的城市知識青年，貨車車廂裡散積著我們的行囊，包括網袋掛裝的搪瓷洗臉盆、搪瓷洗陰道盆、搪瓷洗肛門盆、搪瓷洗腳盆、搪瓷飯碗、搪瓷菜盤、搪瓷茶缸和搪瓷尿壺。

同屆奔赴的有九十人，女多男少，女生四十九男生四十一。那是一九七六年，萬事萬物都實行集體配額制。糧食配額，食用油配額，布匹配額，留城名額當然更是配額：每戶多子女家庭，只能有一人留在城市，保留城市人戶籍與身分。依照重男輕女華人社會普世真理，珍貴無比的留城配額，無疑會上掛到雄性犄角上下掛到男性小JJ上。我則主動要求下鄉插隊，把留城名額留給姊妹。

我們的集體宿舍就在軌道邊上，前身是候車大廳，現在被一分為三，女生一間男生一間，中間是會議室夾帶廚房和輔導員宿舍。宿舍屋頂很高，窗大門大，每個房間都是南北對列的兩排大通鋪，放眼望去，通敞明亮。

晚飯之前，先分配鋪位。李民選好大窗下可以看到夕陽的位置，並為我預留出左邊的鋪位。我來自鐵路一中，他來自鐵路二中，之前我們不認識。二中俗稱線中，因為座標地名叫三角線，地處三條鐵路主幹道的夾角中。他雙腿筆直身材筆挺，步伐有力有彈度。我們一見鍾情。

他的被子褥子很舊很薄。我擁有媽媽和姊姊為我精心縫製的嶄新被褥。他一點都不在意這種對比。他活色耀眼。偶一的神情間，那種鐵路工人子弟普遍的宿命感，會被我預覽到，會令我心動又心痛。

橫眉豎眼的劉興和嬉皮笑臉的程才挨著放行李。他們都瘦高，都上半身長下半身短，程才腿彎劉興腿直，睡在一起很搞笑。感應到我和李民的目光，劉興遠遠地喊：李大屌，你一來就掛上馬子啦！李民笑出虎牙，不理他。他就叼著香菸跑過來，對我說：小心他幹死你，不知道他雞巴太大妨礙比賽，被少體校退回來呀？李民對我說：他瞎掰，我自己退出的，打冰球得壯，我太瘦，我媽沒錢給我買肉吃。我對劉興說：把菸掐掉，熏死我啦。劉興說：你去女宿呀，女生不抽菸，正好你也蹲著尿尿。程才跑來支援，與劉興菸對菸，點燃一支，連吸三大口，只吸不吐，之後突然抱緊我，脣搓緊我的脣，舌牴壓我的舌，把滿口滿腮的煙霾猛然全部灌進我的肺中。我頓時窒息，仰倒在鋪席。李民俯身下來，指導我說：妳咳，一咳煙就會冒出來。

晚上迎新飯，不限量，主食是開花大饅頭，當年生產的麥粉，噴吐著香氣。青虎隊們比賽著誰吃得多，李民七個半，剩下半個吃不動，剩給了我。

飯後，李民摟著我的左肩去田埂上，護院的柴狗大黃跟著我們。九月仲秋，月輪明淨，水稻半近成熟，在蛙聲蟲鳴中等待著鐮刀。他說：我也會抽菸，而且很凶。我說：你不必為我戒菸。他說：不是戒，妳不在，我再抽，妳在，我忍著。我說：你面壞心善。他說：小意思。一會兒的集體大會，男的肯定爭不過女的。我問為什麼。他說：她們上下兩張嘴，要什麼男的就得給什麼。我笑我咳。他拍我背，把咳止住。我說，我也要發言，禁止在室內吸菸。他露出虎牙說：你當然會勝利。我問為什麼。他滑下右臂，用手掌認認真真地拍拍我的屁股說：你妳這裡也長嘴，前後兩張嘴，並且都開花兒，前嘴開桃花兒，後嘴脣也開桃花兒。男的沒人能說得過你，女生也懸。我想笑，沒有成功，狂咳起來。我的肺膜已然受損，撒滿草木灰。

如李民所料，集體大辯論的結果是，女生可以在會議室晾衣服男生不許，男生不允許在室內吸菸。還有，女男不得混居，一旦同居，要主動搬出鐵路自治區，去住農民土坯房。還有，女生不許在室內養貓，男生不能在室內養鳥，狗必須留在院子裡站崗，以防農民入室強姦。

一個陽光金燦燦稻子金燦燦的下午，子燕姐姐來收割中的稻田，專程接我回城。那是一九七七年深秋，內地恢復中斷十年的高考。知青點只有我一人報考。包括錄取離開時，我都沒有機會與李民說再見，之後也沒有再見過他。我沒有用桃花厚脣作底器，為他超八度地歌唱，沒有夢見過，甚至沒有憶起過他。在一起那一年，我們共同覆蓋著我的新被子共同鋪墊著我的厚褥子。一年的綿暖，如同一生，沒有遺憾，不須回憶，亦無從紀念。

假如現在遇到他，在佛羅里達東北正東的海岸，我不會急著向他展示性才藝。我會與他一起，去看海潮，看血月在浪潮間升起。會帶他去看北美冰球聯賽，聽他現場解說。還會問他，知不知道，他曾經一語點破肛脣的話語體系。

4

是為李民肛脣嘴脣桃花說。

5

肛脣人人生而有之，而且每種飛禽走獸都有。它是動物領域至臻的造物，叫做女男通吃，雌雄兼備，甚至無論LGBTQIA。生物性壓倒文化力。它的神聖性和物體價值，不容頻翻白眼的哲學神學社會學人類學乃至經濟學置疑，儘管它總是被內褲和尾巴的修辭所遮蔽。

人生不僅僅用來生產八卦，也要生產哲思。然而，把嘴脣歌翻唱為肛脣歌，會不會有點瘋，有點太瘋，有點超瘋？

6

我曾叩問，要不要改書名，要不要把書名改為，桃色嘴脣阿門。阿門是終結，不然只有脣啟。懷君之鏡在萬水千山之外，靜默不語。

桃色陰脣阿門？全世界全宇宙都不會同意，因為書中陰脣被隱在「媽媽」的後方。

那就桃色肛脣阿門？

7

嘴脣表示不同意，桃樹表示不同意。

8

桃。色。嘴。脣。

9

語言遊戲的規則也可以這樣呈現。桃是植物，是樹，是花，是果實。色是相，是此岸，是表徵，是現象。色是性，是性動力，是性行為，是性美學。色是色彩，是霓虹，是物理，是所有顏色的流動性。色是空間，不是佛的空。色是光，是光的正面，是光的背面側面，是光的全面，是光明的多重性、流淌性、通透性。嘴是集合，是集體，它外涵脣，內涵牙，內涵齦，內涵舌，內涵嗓內涵聲音，內涵食道，內涵人類是腔腸動物科，雖然是升級版。

它們集群，可以修辭，喻體鮮明，色澤美麗，日下月上，可投射可反射可折射，可鹽可甜。嘴脣嘴脣多美麗。可糖可蜜。可以明喻陰脣。亦可以隱喻肛脣。腔腸動物出身的人類都知道。

現在，我終於可以千山萬水地遠叩懷君之鏡，幼稚地說，不用改書名啦，如果可能，加上副書名**約等於陰脣絮語肛脣獨白**也不錯。

2023/12/13
Summer House
Ponte Vedra Beach
北佛羅里達

avant-garde 05　PG2990

桃色嘴脣

作　　者　崔子恩
責任編輯　尹懷君
圖文排版　許絜瑀
封面設計　張家碩

出版策劃　釀出版
製作發行　秀威資訊科技股份有限公司
114 台北市內湖區瑞光路76巷65號1樓
電話：+886-2-2796-3638　傳真：+886-2-2796-1377
服務信箱：service@showwe.com.tw
http://www.showwe.com.tw
郵政劃撥　19563868　戶名：秀威資訊科技股份有限公司
展售門市　國家書店【松江門市】
104 台北市中山區松江路209號1樓
電話：+886-2-2518-0207　傳真：+886-2-2518-0778
網路訂購　秀威網路書店：https://store.showwe.tw
國家網路書店：https://www.govbooks.com.tw
法律顧問　毛國樑　律師
總 經 銷　聯合發行股份有限公司
231新北市新店區寶橋路235巷6弄6號4F
電話：+886-2-2917-8022　傳真：+886-2-2915-6275

出版日期　2024年4月　BOD一版
定　　價　360元

讀者回函卡

Printed in Taiwan

國家圖書館出版品預行編目

桃色嘴脣 / 崔子恩著. -- 一版. -- 臺北市：
釀出版, 2024.04
面； 公分. -- (avant-garde ; 5)
BOD版
ISBN 978-986-445-918-6(平裝)

857.7　　113001060